Marinheira de açude

Marinheira de açude

Michelli Provensi

Copyright © 2022 Michelli Provensi
Marinheira de açude © Editora Reformatório

Editor
Marcelo Nocelli

Preparação de texto
João Hélio de Moraes

Revisão
Marcelo Nocelli
Natália Souza

Imagem de capa
Alois Di Leo

Capa
Pedro Inoue

Editoração eletrônica
Negrito Produção Editorial

Dados Internacionais de Catalogação na Publicação (CIP)
Bibliotecária Juliana Farias Motta (CRB 7/5880)

Provensi, Michelli
    Marinheira de açude / Michelli Provensi. – São Paulo: Reformatório, 2022.
    120 p.: 14 x 21 cm

    ISBN 978-65-88091-45-6

    1. Ficção brasileira. I. Título.
P969m   CDD B869.3

Índices para catálogo sistemático:
1. Ficção brasileira

Todos os direitos desta edição reservados à:

EDITORA REFORMATÓRIO
www.reformatorio.com.br

Quão curta seria a vida se certos momentos desagradáveis não a fizessem parecer infinita. – SILVINA OCAMPO

Sumário

- 9   Nem sagu nem pudim
- 13   O homem que deu o calote em Deus
- 23   Sapo morto não ri
- 27   Marinheira de açude
- 31   Enfezado no céu
- 37   Passa o galeto que engasgo sozinho
- 41   Pombagira romântica
- 47   Forca esperando o bonequinho
- 53   Soberana Rainha das Piscinas 1982
- 57   Osmari e o reino das nuvens pretas
- 63   Dominó da ponta
- 67   Vento de valsa
- 71   Dente de astronauta
- 79   Tatu de ametista
- 87   Fuga do Egito
- 91   Kid Bodoque
- 103   Coreofobia

- 113   Glossário

Nem sagu nem pudim

> "E agora levante e olhe esta manhã tão magra e tão azul. E desça até a cozinha, enfie a comida dentro da boca e depois enfie a comida na boca dos meninos, e depois na boca do velho, e depois na das vacas e dos bezerros, na boca da porca, das galinhas e da cadela. É o jeito, é o jeito. Até que se esqueça de tudo, de tanta força bruta." – IRENE SOLÀ

Imagine ser feita da mesma carne do homem que te rodeia. Essa era a descrença de Clédis ao recusar sua herança genética da costela de Adão. Eles nunca foram feitos um para o outro, porque certamente para Clédis ela era sagu, ele pudim. É costumeiro servir os dois no mesmo pires, mas que bate um desarranjo só de olhar, isso bate.

Era a segunda vez que Julmir ia preso no mesmo ano. A primeira foi num final de tarde, no outono. Ela, como de costume, tratava os porcos. Ele por certo deveria fazer o mesmo, mas saltou bêbado a cerca de arame farpado, agarrou-a pelo quadril mordendo seu pescoço e jogou a bacia de lavagem que alimentava os bichos na cabeça da leitoa. Foi um escarcéu na criação. Grunhidos abafavam os gritos de Clédis. Por mais que ela tentasse empurrá-lo, Julmir alcoolizado pesava mais que um javali. Os dois rolaram no estrume. Ela urrou de dor. Só na hora que ele caiu desfalecido pela cachaça é que a mulher pôde escapar. Ralada na bosta do chiqueiro, catou a bicicleta do filho, que trabalhava no frigorífico, e pedalou nove quilômetros até a delegacia de Modelo, repetindo na cabeça durante todo o trajeto a denúncia ao marido por agressão. O delegado sentiu o cheiro de merda vindo de longe e perguntou se Clédis tinha caído na fossa. Do rosto dela só se viam os olhos e os riachinhos secos, craquelados onde as lágrimas caíram.

Quando voltou para casa acompanhada dos policiais, pediu para deixarem Julmir tomar um banho para ele não ser preso todo cagado. Ainda trocou a toalha e separou uma muda de roupa. De longe, viu o marido ir embora algemado, limpinho, enquanto o estrume secava no próprio corpo.

Ela sabia que não veria Julmir no dia seguinte. Nem no outro e nem mais para a frente. Por mais que o marido fosse uma pedra na cruz, lhe faltava a mão para ajudar colher o milho, cuidar da criação, arar a terra. Considerou pedir amparo ao filho, mas Genêmio estava feliz no emprego novo e já tinha calculado que um ano de salário do abatedouro daria para comprar uma moto nova e, quem sabe, até mudar para Chapecó. Cansada de se estropiar trabalhando sozinha, Clédis foi à comarca de Maravilha e retirou a queixa. Ele voltou para casa pianinho, e por uns sete meses foi o marido doce e herói que a pediu em casamento e a tirou da casa do pai, que também a espancava.

Na segunda vez que ele foi preso, Clédis tinha acabado de voltar do enterro do genitor. Julmir não quis acompanhá-la, disse que não iria nem morto e pediu um favor à mulher: cuspir no caixão por ele. Ela precisava estar lá pra ver se a terra ia mesmo comer aquele homem que cuidou dela para então a violentar.

Era assim que Clédis vivia, entre o horror e a gratidão. Sentia uma espécie de anoitecer toda vez que o marido a tocava. Seja no abraço amistoso ou na palmada, onde o toque acontecia cimentava o pavor. Não tinha condições de fazer o jantar naquela noite. Era como se ela também estivesse morta, e a raiva de tudo aquilo que não tinha dito materializasse o pai em gotículas de choro nervoso pronto para a engolir. Não tinha mais fé, mas rezou para que dormisse como a morte, sem sonhar.

Não havia um trato de que toda refeição fosse feita por ela, mas era assim que acontecia a cada dia. Ela fazia, ele reclamava. Naquela noite de primavera, o contratempo do pneu furado do Corcel e a celebração da morte do sogro fizeram Julmir beber aos galões. Voltou para casa torto e pronto para o jantar. Não gostou de encontrar as panelas vazias e a mulher dormindo. Ela só ouviu o eco de algo batendo no seu tímpano e assim se fez outra vez. Nem disputaram, nem deu tempo para Clédis levantar a mão para se escudar. Julmir bateu a frigideira, presente de casamento, no rosto dela até sangrar.

Agora estavam ambos no pátio do presídio respirando desafogo, ele preso, ela visita.

– Tu não sabe o que é cagar com sete nego te olhando.
– Te trouxe uma cuca.
– Tu nem imagina o que é revezar um colchonete mijado com sete nego e dez ratos.

– A cuca é de chimia de figo. Precisava ver o tamanho dos figos, deu chimia para mais de um ano! – contou olhando para o buraco na calça do marido.

– Aqui é assim, quem bate em mulher tem o cu esfolado até rasgar as calças.

Clédis tentou não chorar por trás dos olhos roxos. Nem mesmo uma costela quebrada e uma semana no hospital lhe tirava o bem-querer pelo esposo e, mais uma vez, desistiu da acusação de agressão, levando Julmir para casa consigo.

As coisas iam bem e os ventos do passado pareciam dobrar a curva dos eucaliptos da propriedade quando, na véspera de ano-novo, para retribuir o peru que Genêmio tinha trazido do frigorífico no Natal, os dois decidiram abater um porquinho. Julmir abriu uma cachaça e deu um golinho enquanto Clédis, de longe, espichava as vistas atenta à bebedeira do marido. Esquartejavam o porquinho em silêncio, se entreolhando por cima do tacho para preparar o torresmo. Pelas tantas, ele deu uma afrouxada na cinta e foi cambaleando em direção à mulher, que rodeava o tacho numa ciranda de pavor. De tanto girar, Julmir se desequilibrou, caindo de atravessado no metal. O barulho que se deu retumbou feito tampa de panela nos ouvidos. Ela, que continuava a girar, saiu do seu transe e correu até a cerca recém-arrumada. Catou um pedaço de arame farpado, testou o vergalho em um lance e deu uma coça no marido, sapecado no torresmo.

Clédis chorava enquanto Julmir era levado para a ambulância todo escorchado pelo arame, bêbado e sujo de banha de porco. Chorou conformada porque sabia que, uma vez que se desanca o pudim no sagu, não tem volta.

O homem que deu o calote em Deus

> *"Só Deus tem a possibilidade de Se conhecer e de explicar Seus atos, que não se traduzem senão impropriamente em nossa linguagem, a qual Ele emprega, entretanto, para, abaixando-Se, descer até nós, que jazemos por terra."* – MONTAIGNE

> NOTA DE FALECIMENTO: *"A comunidade da Linha Chinelo Queimado, com triste pesar, comunica o falecimento de Vitório Bonnamigo, ocorrido ontem nas proximidades da Linha Sargento, por motivos ainda não esclarecidos".*

Tudo começou com um sonho. Daqueles dormidos mesmo, de levantar correndo para anotar a aparição. Sonhou com uma mulher; poderia também ter sido um homem de finos traços e lenço na cabeça. Anotou ser uma santa, sem mesmo questionar se a vestimenta comprida e escura poderia se referir a uma imagem de outro tempo. Resolveu assim: uma santa apareceu pra mim. E parece ter dito: "Olha, se tu procurar bem, da pontezinha do Iracema até a divisa da terra dos Tibola tu vai encontrar a consolação de todos".

Ficou com aquilo matutando na cabeça: consolação de todos, consolação de todos, consolação de todos. Sabia onde ficava a terra dos Tibola, era de perder vista. Não questionou por muito tempo as divinas forças, compreendeu que, para cavar, primeiro precisaria encontrar a terra. "Por que a santa não recomendou algo mais perto pra meu próprio consolo?"

Vitório era solteiro, filho único de pai ausente. Sua mãe confiava a vida ao filho. Das vinte e quatro horas do dia, despendia quatorze caminhando, chutando pedras, atento ao chão. Pior, nem sabia o que estava procurando. Tinha cá suas esperanças, quem sabe a consolação de todos viesse numa caixa com ouro, talvez papéis de uma herança esquecida. Fingia negar o direito a qualquer expectativa.

Havia sonhado com o lugar, um lampejo claro na memória adornada de ressignificação. Tentou refazer os passos, só conseguiu voltar mesmo foi dormindo. Ao se deitar na cama, rogou à santa do sonho e, depois de muito investigar as vestes na sua cabeça, quando deu por si, parecia ser Santa Clara. Ela portadora de uma visão de alcance longínquo, que o levasse até o lugar preciso. Não obstante, tomou chá de valeriana para a ansiedade do encontro não lhe tirar o sono. Em um dado momento dormiu e, acordado, sorriu dentro do próprio devaneio. Pela primeira vez vivenciava um sonho lúcido e teve medo de despertar, quase imóvel entre as imagens, sem relacionar os fatos. Nisso avistou Santa Clara radiante aos pés da cama, que com voz de vento ordenou: "Levanta, homem, e vai. Só toma cuidado com a cerca elétrica".

Embaixo das pálpebras, os olhos tremulavam feito duas bandeirolas. Saltou da cama sem nem encostar nos chinelos, de pijama mesmo passou pelo moinho velho, escorregando na geada de julho. Atravessou o bairro, percorreu a pontezinha da sanga e pela primeira vez contornou a cerca até dar num toco caído atrás do barranco. Por um espaço em que dava para passar um bode pequeno, se arrastou por debaixo da cerca elétrica e, do lado do toco, cavou a terra úmida e gelada até encontrar a imagem pequena de uma santa de madeira.

Do lado oposto à cabeceira da cama, Vitório se espreguiçou com as mãos fechadas. Ao passar o braço na altura da cabeça, terra lhe escorreu pelo nariz. Assustado, abriu a palma esquerda, de onde caiu a imagem de Santa Clara. Seu corpo tinha agido por impulso da vontade da alma – ou da santa. Enquanto dormia estava lúcido, sonâmbulo não se lembrava de nada.

Naquela manhã mesmo, no copo com água pronto para fazer seu gargarejo, viu um estilhaço da roçadeira atingindo em cheio seu vizinho na cabeça. Foi como se tivesse acertado a sua própria. Visto o presságio, teve um dia tranquilo até comentar com sua mãe.

Dona Mirtes parecia possuída ao interceder por Alcides, o vizinho, implorando para que ele passasse longe da roçadeira nos dias seguintes. Patrolar a estrada e ceifar a plantação, tudo bem, mas que se mantivesse afastado da roçadeira, pois seu filho estava ao encargo da Santa Clara. Ninguém no Chinelo Queimado tinha ouvido falar de aviso divino na água do gargarejo. O que tornava difícil acreditar em Vitório era o fato de ser o primeiro, mas isso em breve mudaria.

Cravou, e foi bem feio. Alcides teve sangramento e sentiu-se duas vezes mal: uma pelo estilhaço, outra por ter desacreditado no recado divino. Caminhou até sua casa e, antes de cair morto na soleira da escada, pediu à esposa para perguntar a Vitório qual seria seu rumo, se o céu era mesmo olhando para cima.

Dois dias seguidos ao enterro, onde se espalhou a notícia, Vitório viu, na água do copo de gargarejo, uma fila dobrar a esquina. Estava deitado quando apareceu a primeira visita. A mãe correu para passar o café. Era uma senhora da Linha Guaraipo, prima da viúva do falecido Alcides. Aos prantos, buscava cura para a disfagia, tosse e dores nos ossos. Com Santa Clara fazendo a guarda do copo, avistou a senhora impossibilitada de tomar chimarrão. Balançou o terço na borda pra ver se era isso mesmo. Existem milhares de maneiras para contar uma notícia ruim; optou por ser claro e direto: "Procure um médico antes do câncer no esôfago se alastrar".

Começaram a chegar doentes e pessoas com fotos de parentes distantes. Não dava tempo do gargarejo matinal, horário algum lhe pertencia. Bastava olhar para fora, se deparava com alguém inquieto na janela. Diante disso, saía em longas caminhadas só para não ser importunado em casa. Tinha medo de negar o dom da visão. Fugido do mundo e de tudo que refletia fluido no copo, evitava acasos. Passou a beber menos água para não dar de cara com as mensagens da santa. Observou que se bebesse vinho, cachaça ou qualquer outra bebida, as únicas visões eram do domínio da sua consciência. E por essas, quando não estava bêbado seguia atendendo o povo chegando aos montes: caravanas de Descanso, Romelândia, Riqueza e Saudades. Dentre os pacientes tomando o pátio com cadeiras trazidas embaixo do braço, viram uma menina franzina num choro espichado. Tinha uns nove anos e segurava um gato rajado convulsionado no colo. Soluçava tanto que, sem demora, gerou uma dança de cadeiras para que chegasse logo aos cuidados do vidente.

Desse modo atravessou a cozinha de taipa de dona Mirtes, entrou na despensa da casa e largou o gato morto em cima da mesa, quase derrubando a vela e o copo de água na toalha de crochê.

Diante da situação apresentada, com a menina implorando para ressuscitar a gata que, já era só catinga, Vitório jamais a destrataria. Acalmado o soluço, ela falou que aquele era só mais um entre onze gatos que tinham morrido em sequência. Partiu como os demais, sem nenhuma explicação clínica por parte do veterinário. Nas contas da menina, se um gato tem sete vidas, perdera setenta e sete. Sobrou a gatinha preta em casa e o pavor de amanhecer sem a bichana. Tentou ela mesma a solução, no pote de leite, e não teve resposta. Quem sabe o vidente, no pote de água, a explicação encontraria.

"Come uma bolacha e me conta teu nome", disse Vitório enquanto tirava o gato da mesa enrolado no pano que antes servia de altar. Deixou o animal no canto do cômodo, feito um pão coberto esperando assar, e prometeu pela enésima vez para si mesmo: aquele seria o último dia dividindo o corpo com a dor dos outros.

"Meu nome é Lina, e o da gata é Chimia. Quando a gente morre continua com o mesmo nome?"

A recém-chegada informação do além no copo o atravessou em cheio. Não, não seria bem assim: contar o acontecido e mandar rezar uma Ave Maria. Era um caso umbroso e, para poder dar conta, Vitório teria de atravessar a cerca outra vez. "Você pode ter todos os nomes, o problema nunca é o nome, mas sim quem o chama."

O anoitecer anunciava um céu de estrelas, pouco vento e muita manifestação. "Cobro uma ajuda de manutenção e, se puderem, um troco pra inteirar as passagens de ônibus", disse Vitório ao riscar o chão de ponta a ponta com o cabo da vassoura no quintal em frente à casa de Lina, delimitando uma área invisível de proteção para o trabalho. A menina e o irmão um ano mais velho acompanhavam tudo de perto tentando desvendar aquele mistério. O vidente entrou na casa; a família no escuro se reunia em volta da mesa da sala de jantar, onde dona Mirtes tinha acendido uma vela e puxava uma ladainha. Olhou por cima do copo em sinal da cruz, pegou Nossa Senhora e guardou no bolso. Tinha posto Santa Clara, São Miguel Arcanjo e Nossa Senhora do Caravaggio pertinho do copo de água junto à mesa. "A coisa aqui tá feia, minha gente, melhor a Mãe do Céu nem assistir."

A vela apagou sozinha, os presentes se encolheram. "Entra, minha guia, ajuda a menina a resolver a saudade dos miados." Apelou às crianças para acompanhá-lo o tempo todo. Acendeu outra vez o altar e passou o copo de água com o terço para sua mãe fazer guarda junto à imagem de Santa Clara enquanto ele emprestava o corpo para a consolação. O horizonte era imenso desde a borda do copo.

Na escuridão, Vitório encolheu em si. Levantou-se empurrando a porta da cozinha, cruzou a linha imaginária e saiu em disparada, atravessando o jardim. Como fosse uma mureta, saltou a cerca, deixando um pedaço da calça no arame farpado e, num trote obsessivo, pivotou no pasto extenso ao lado da casa em vigília até cair de joelhos diante do tronco de um minguado pé de limão-cravo. Os adultos chamavam as crianças ao longe, perguntando se estava tudo bem.

A menina apertava no colo a gatinha preta, protegendo-a. Espichou a visão e já não sabia mais se via um homem ou um cachorro cavoucando ligeiro a terra. O irmão, com as mãos calcadas nas coxas do outro lado do limoeiro, só se levantou quando o cheiro putrefato se alastrou em sua direção. Correu abraçando à irmã enquanto a consolação arrancava da terra uma botelha de vidro de uns dois palmos, que Vitório enrolou no pano de louça trazido amarrado ao cinto. As crianças, feito farol, o levaram de volta para casa.

"Quem te quer bem manda graça. Agora, a inveja despertada por vocês custou dois empréstimos e o cheque especial. Tem gente boa no mundo. Esses moram longe desta garrafa. Tem gente que te estende o braço pra te apoiar e tu nem percebe a serra elétrica te cortando os punhos. São da cor de geada mijada, bem-vestidos, comungam com Deus todo domingo e da porta da igreja pra fora fazem acordo com a ruindade", afirmou ao quebrar com a ponta de uma faca de pão o frasco imerso no pano, contemplando as sombras das duas famílias responsáveis do trato pago contido no vidro. "Pagaram caro, ninguém se atreve a fazer isso por pouco", disse ao desenrolar o tecido.

Lina reconheceu as fotos com os rostos de sua família furados por alfinetes entre tufos de cabelos, fiapos esturricados, pele de cobra e carne de gente roubada de algum cemitério. Nunca tinha visto um feitiço. Intento para acabar com duas gerações de uma família. "Vamos rezar, pedir a guarda para quem já foi e agradecer à menina e seus anjos por tirar a soga do pescoço dos que ficaram."

Os gatos protegiam a família há tempos, até para quem vivia distante serviram de escudo. Inexplicavelmente, por alguns dias, a menina se deparava com um deles se sacudindo no tapete da porta, até ao pôr do sol ser enterrado na cova cavada por ela. Quantos mais adoeciam, mais davam espaço para o feitiço entrar. "Pra mim, Lina, tu nem tinha nascido quando enterraram esse *presente* para a família de vocês", disse Vitório. "Agora faço o que com ele?"

"Pois só diga que agradeço, mas não aceito", respondeu o pai, que pegou o gato no colo, sorriu e o deu à filha. "Tem coisas que é melhor nem devolver, basta ignorar."

Vitório deu um abraço em dona Mirtes, pegou o dinheiro da passagem e prometeu dar notícias pra onde ia. Dias depois, ainda atordoado, zanzava pela Rodoviária sem ter ideia de que rumo tomar. Atravessou a rua, largou o dinheiro no balcão da bodega e pediu uma cachaça. Dançou a liberdade do homem até a sede lhe apertar a garganta. Botou a cabeça atravessada na pia e na primeira gota que caiu da torneira, foi intimado por Santa Clara: "Volta aos atendimentos". Viu na água escorrendo uma fila na porta de sua casa que atravessava o bairro, sua mãe sem dar conta de explicar o paradeiro do filho e um cartaz escrito: "Vitório deu um calote em Deus".

"Grande é a estrada, Vitório, pequeno é o homem que não se entrega ao seu destino."

A popularidade de Vitório era tanta que quando apareceu segurando sua tristeza junto ao corpo, todos que se aglomeravam em frente a sua porta o carregaram feito um santo em dia de procissão. Logo viu sua mãe e se jogou de cima dos ombros dos homens sem mesmo agradecer. Com cuidado, descolou o cartaz da porta, rasgou a parte escrita *deu um calote em Deus*, deixando apenas seu nome. Se estava destinado a ser os olhos das dores do mundo, que ao menos tivesse uma tarde de descanso. Mandou todos chisparem dali. Dona Mirtes fritou bolinhos, empurrou a mesa bloqueando a despensa, pregou pano escuro nas janelas e distribuiu entre os presentes um bilhete escrito por Vitório comunicando sua trégua. Que ficassem calmos, logo voltaria regularmente aos atendimentos.

Enfim sozinhos, pediu à mãe que fosse visitar uma amiga enquanto ele iria passar um tempo no jardim regando as plantas. Abriu a torneira com cuidado: foi como abrir o tampão da estratosfera. Amanhecer e anoitecer se entrelaçaram entre imagens de miséria, doença e guerra jorrando na terra que absorvia o choro da existência, e nada tinha de bonito aguardando o homem. Nem céu ou paraíso, só um ciclo de nascimento e morte girando feito uma ceifadeira no trigo.

Dona Mirtes deixou rolarem os abacates da sacola ao ver a água escorrendo da sua casa. As roseiras na lama encobrindo o gramado, agora um tapete encharcado de morte. Chamou pelo filho como fazem as mães em desespero e seu grito bateu de encontro à caixa d'água tombada e vazia.

Sapo morto não ri

Tinha cheiro de chiclete e cor de bolsa de água quente. Tuti apertava as duas câmaras de enchimento como se fossem uma capelinha em suas mãos. Do outro lado do buraco, do tamanho de uma santinha, se via a mãe do menino. Sandra colhia um balde de uva Isabel, mordiscava a casca e dava só a polpa cuspida para o filho. A menina teria que chegar mais perto para ver o que acontecia com as sementes.

Ele nunca se movia da borda da piscina, mesmo com a boiona e as boias de braço. "Parecia um Jesusinho loiro com os braços abertos enfiados dentro de uma rosca." Passava tanto tempo na água que de cloro seus cabelos beiravam o verde, e as pontas dos dedos amoleciam como uma casca de uva chupada.

Mesmo sendo da vizinha, a menina sentia como se fosse dela aquela piscina. "Todo mundo tem vizinho. Uns com jabuticabeira e cachorro bravo, outros com calçada para descer de carrinho de rolamento. A minha vizinha tem piscina. A Neusa é minha vizinha."

Ela segurava firme na escada, apoiada no primeiro degrau, mergulhava o pé esquerdo num tira e bota como uma engrenagem até juntar coragem de molhar mais uma parte do corpo. Toda vez que ensaiava sentar na escada, o menino ia até a borda, pedia passagem e ela não tinha outra opção senão subir. Hora de ir ao banheiro, beliscar algo, limpar o nariz na toalha.

A menina era três palmos mais alta e dois anos mais velha que ele. Frequentavam escolas diferentes e só se viam em dias de muito calor, quando Neusa pedia a Eudes, o jardineiro, para limpar a piscina. Chegava como quem procura o gato, bracinho balançando nas costas.

– Gesa tá sumida. Posso olhar na caixa de lenha se não tá por lá com os filhotinhos? Eu a vi atravessando a rua com um na boca.

Depois rodeava o pátio, às vezes com a gata no colo, às vezes balançando os braços de vergonha. Até que alguém dizia:

– Tá de biquíni, Túti, não quer entrar na água com a gente?

Dava nem o tempo de sorrir para agradecer já estava a bater os pezinhos na água, agarrada ao primeiro degrau da escada. A menina não sabia nadar. "A piscina existia antes que eu, por isso é da fundura da Neusa." Os filhos da vizinha saltavam do telhado em gritos de guerra, até o mais novo mergulhar de cabeça e levar vinte pontos da testa à orelha. Justamente Marlon, o xodó da Túti. Diversas vezes ela se pendurava nas costas dele, que a levava de uma borda à outra da piscina num bote amigo.

"Vai demorar uns quinze anos para o piá ficar da fundura da Neusa." Túti torcia para que o menino aprendesse a nadar ou que alguém desse a ela uma boia de presente, enquanto o via numa tentativa de apneia, olhos e nariz na água procurando ver o sapo morto no fundo da piscina. Fazia um dia que o sapo estava lá, mas como só as crianças entravam na piscina, ninguém se preocupava em tirar o bicho dali. "Se sapo já foi girino, como consegue se afogar? Se já fui girino, por que também não consigo nadar? Por que sapo não boia?"

As parreiras estavam carregadas de uvas e Túti se viu sozinha na beira da piscina, com as toalhas de visita e as boias. Viu a mãe e o menino longe, se afastou da visão deles. Apertou as câmaras de enchimento, atravessou o braço na boia. Vestiu uma, depois outra, deixando de lado a boiona. "Tenho medo, mas não é para tanto." Desta vez saltou direto, bem longe da escada e da borda. Gostou de saracotear, ficou fazendo um redemoinho com os pés para ver se o sapo mexia um pouquinho. Nada: barriga para cima como quem relaxa para cócegas.

O menino voltou sem que ela percebesse.

– A minha mãe não deixa emprestar minhas boias.

– Mas você tem duas e nem tava usando. Eu só queria brincar um pouquinho.

– Devolve ou eu chamo a Neusa.

O menino chiou até ela sair da água. Puxou a boia como se tivesse um galho no lugar do braço da Túti, depois entrou na piscina chafurdando o rosto para ver o sapo. A menina ficou ali, enrolada na primeira toalha que encontrou, se entupindo daquela uva azeda para ver se juntava forças. Talvez com um pouco mais de acidez no sangue tomasse coragem de falar com a mãe ou mesmo com a Neusa.

Pouco durou o descanso, Túti ouviu a mãe dele chamar por Neusa para ajudar com os baldes da colheita. O menino saltou da água, esvaziou as boias e disse para ela tirar a toalha em que estava enrolada; também era dele. Antes de entregar, Túti olhou para os lados e não viu ninguém perto. Ao longe, as duas eram do tamanho de uma santinha de cabeceira. Com as mãos firmes, empurrou a criança:

– Vá fazer cócegas no sapo.

O menino rodopiava em desespero. "Por que ele não bate os pés e os braços para subir como nos filmes?"

– Thalêêêêêês!

A mãe veio num corre, saltou na piscina e tirou o menino já da cor da casca da uva. Bateu nas costas, e na água vomitada estavam as sementes.

– Eu só queria ajudar ele a ver o sapo de perto. Desculpa, tia, não sabia que menino também afunda.

Marinheira de açude

– Tu, marinheiro inglês, por que foi te meter nessas águas geladas? Aquele verão não estava para lambari.

Era minha primeira vez no mar. Foi o ano todinho escutando a promessa de que se fosse boa menina e não fizesse birra, em dezembro iríamos visitar os tios no litoral.

Eu já sabia contar, não o suficiente para somar todos os dias do ano, me faltavam dedos e lá pelo quarenta confundia com sessenta. Teimava que todos os meses deviam ter trinta dias iguaizinhos, assim podia contar sozinha copiando o mês anterior. A cada mês completo, a mãe me dava uma fitinha do pacote que ela guardava quando alguém em casa ganhava um presente. Eu amarrava no pezinho de limão e, quando fechasse onze, o pai colocaria as malas no teto da Belina, mais Catito, eu e o colchonete no bagageiro.

Meus pés escondiam receios, não os via como nadadeiras. Essa coisa de afundar na areia e o mar puxar para perto e arrastar para longe me dava medo. Logo que pisei na parte molhada da faixa da praia e as ondas recuaram, achei que fosse um grande açude secando para a Semana Santa. Nem concluí meu pensamento a onda voltou maior, me arrastando num resvalão. Batismo grosseiro. A mãe, gracejando, me puxou pela barra da camiseta amarela. Quando me abraçou o mar chorei feito a primeira vez que vi o mundo.

"Troco essa choradeira por churros", ela disse. Tirou minha camiseta molhada e fiquei com vergonha por não estar com a parte de cima do biquíni. Pra logo esquecer quando senti o cheiro de fritura, açúcar e canela se misturando na maresia.

Sentei no meio das pernas da mãe, na ponta da cadeira, segurando minha recompensa em forma de doce de leite. A mãe brilhava. O cheiro do óleo de cenoura caseiro dela se misturava com o do churros e minha vista ficou ofuscada pelo sol refletido no azeite em seu corpo.

Nunca reparei que os biquínis da mãe eram encolhidos perto das outras. Só percebi na praia mesmo. O povo passava de olho nela lagarteando na cadeira. Uns cruzavam e fingiam não ver sua bunda esparramada para os lados do assento. Tem gente que acha que não dá para ver o que eles estão vendo por detrás dos óculos escuros. Eu sei que dá. Eu via.

A mãe no sol, eu tentando fazer um castelo de areia. Queria muito um baldinho para encher de água o rio que rodeava meu reino, mas tinha medo de buscar no açudão salgado e levar outra rasteira. As crianças ao nosso lado tinham baldes, guarda-sóis e umas pinturas estranhas no rosto. Lembro de perguntar para a mãe o que era aquilo. Ela entortou o beiço e disse: "Protetor solar é pras crianças branquelas. Tu é bisneta de índio, não fica vermelha. Como vão saber na escola que tu foi para a praia? Além do mais", ela dizia, "é mais barato o bronzeado que uma trancinha tereré de souvenir".

O sol formava um foco luminoso bem na minha cabeça quando vi o pai e o tio se aproximando. A mãe nem percebeu que saí num corre pra me agarrar na bermuda do pai. Dei a mão pro meu velho e a outra pro tio Ivair. "Se tu nadar reto, reto, daqui até perder de vista, tu vai dar na África", disse o pai. Eu não sabia nadar, mas me sentia segura no meio deles. Finalmente pude entrar no açudão dos ingleses.

O tio contou que um navio pirata inglês tinha afundado ali, por isso a praia ganhou esse nome. Naquela época eu nem sabia o que eram ingleses, estava sendo introduzida aos argentinos, turistas como eu. São Miguel D'Oeste fica quase na divisa com a Argentina. Às vezes o pai me levava com ele para lá de Dionísio Cerqueira, do outro lado da fronteira, para abastecer de gasolina mais barata no posto dos *hermanos*.

Assim, naquele dia desci ao fundo do mar onde tocavam meus pés e afundava a cabeça, mas não encontrei navio pirata algum. Foi horrível. Acho que o pai e o tio Ivair não se viam havia uns par de anos. Não paravam de falar sobre os finados da família inteira. Entraram na água comigo balançando no meio e nem perceberam que as ondas me cobriam. Lá pelo quarto "ME ACODE" das minhas mãozinhas tentando apertar a deles, tio Ivair olhou para baixo e me viu afogando, roxa feito um repolho. No sufoco, os dois me puxaram com tanta força que por pouco não voei feito um lambari no anzol.

Abri o berreiro. É certo que o mar dos ingleses não gostava de mim. Queria voltar para a casa do tio, ficar na miúda abraçada com o Catito. Era proibido levar cachorro na praia, que sorte a dele. A mãe desta vez barganhou meu choro por uma espiga de milho. Aceitei. O mar não gostava de mim; ao menos conheci a praia.

Sempre lembro da Liane, amiga de infância. O pai dela, de tão rico, nadava igual ao Tio Patinhas num mar de moedas. Tinham tanto dinheiro que ela podia alugar todos os filmes na locadora e ficar um ano sem devolver. Locava os filmes que quisesse, mas nunca foi à praia. De bonito e especial na vida, o pai dela só teve o velório. Depois o filho do meio gastou todo o dinheiro do velho e a Liane continuou sem conhecer o mar.

O pai foi para a casa do tio preparar o churrasco e a mãe quis caminhar, abrir um espaço na barriga para o almoço. Eu devia achar um amiguinho, brincar e ficar de olho nas cadeiras; as nossas tinham uma fitinha.

Minha cabeça ficou quente, meus pés vermelhos. Não sei se dormi ou desmaiei. Acordei com um berro da mãe. Ela viu uma água-viva e achou lindo, pensou que era feito estrela-do-mar, que dava para levar para casa e colocar na saboneteira do banheiro. Queimou a mão feio e o pai quase virou um água-viúvo.

Olhei para cima, o sol estava baixando mas parecia colado na minha cabeça. Virei a cadeira ao contrário e tentei me esconder embaixo, o simples toque da fitinha na pele me causava ardume. Nisso, um ambulante vendedor de amendoim olhou para mim e disse: "Víxi, a menina tá um camarãozinho".

"Tu, marinheira de açude, por que foi te meter naquelas águas?" Fiquei feito um lambari frito. Tive insolação, queimaduras de terceiro grau e naquele verão não voltei mais à praia, para sorte do Catito.

Enfezado no céu

– Ele não vai por nada. Já viu dum tudo. Veio a falecida bisa, a professora do primário dos tempos de Soledade, o tal Orestes, aquele amigo do bar, até a Zita, primeira namoradinha da Linha Biguá. Só pelo amor de Deus não conta para a manhê, não quero ver a nonna ir na frente. Se eu não fosse da reza e curtida no Espírito Santo, teria arrancado os pés daqui! Crêndios. É um tanto de morto que não cabe nem atrás das cortinas. Agora, os vivos ele não escuta. Nem sei a última vez que escovou os dentes, mal deixa aparar a barba, imagina como tá a situação lá embaixo. Só a nonna pode dar banho. Coitada, ela mal consegue lavar o sovaco. Quem sabe tu falando com ele, Nenê?

O som da motosserra cortando o pé de laranja nos fundos da casa trazia à tona o ruído existente na minha família. Coisas não ditas brotavam em lamentos, feito as palmas-de-santa-rita, deixando um rastro através da janela até onde alcançam os olhos. A mãe podia dar as bandas que quisesse, mas nunca tinha arredado o pé da cama do nonno. De um lado ela, do outro nonna Odila com seus paninhos de crochê velando o velho vivente de uma jornada adiada todos os dias por medo.

Quatro longos anos acamado. A última vez escorregou no banheiro, quebrando a bacia, e caiu num choro que durou vinte e um dias. Agora era um colchãozinho para as varejeiras que se atreviam a lhe fazer companhia. Fazia mais de duas semanas que não ia aos pés. No começo a mãe achou que era prisão de ventre e encheu o nonno de bagaço de laranja até o pescoço. Acho que foi por isso que ele, entupido até a goela, pediu para cortar a laranjeira que dava para ver da janela de seu quarto. Tinha raiva dos passarinhos que comiam e logo cagavam, e ele não.

– O senhor vai para os pênaltis?

– Só se o Mazzaropi ficar no meu gol – rimos, enquanto ele apontava para o quadro antigo do Grêmio campeão mundial de 83.

Ele sempre foi magro, mas agora parecia uma pelanca inchada por corticoide. Eu não queria chorar, já bastavam as tias da novena num choro forçado toda quarta-feira e as visitas de conhecidos e parentes de amigos que vinham averiguar se ele estava mal mesmo.

– Fiquei sabendo que o senhor secou o poço, não solta nem um peidinho...

– Ma porco cane. Se eu peidar agora vai voar bosta até a casa dos Müller. Nenê, acho que se tu me carregá até a patente eu faço meu serviço, me dói muito a barriga.

– Ma capaz, nonno! Se te carrego até a privada, liso e quebrado desse jeito, periga de tu escorregar pelo sifão quando der a descarga.

– Onde já se viu um véio como eu fazer as necessidade na cama. Não deixo a Odila nem me dar banho, quem dirá limpar meu cu.

– Então vamos fazer o seguinte, vamos tentar uma coisa diferente. Tu fecha os olhos e vai imaginando o que eu estou te falando.

– Que besteirol é esse, Nenê?

– Chama meditação, nonno. A mãe não te contou que sou instrutor de mindfulness em São Paulo?

– Mãin de quem? Isso vai fazer eu cagar?

– Olha, se o senhor vai cagar eu não sei, mas quem sabe consegue embarcar numa viagem bonita.

– Tu agora é ministro da igreja? Nem precisa disso, já ganhei uma dúzia de extrema-unção e nem avistei uma carroça pra essa tal viagem.

– Mas os anjinhos, a bisa Helena e a tua profe não vieram te buscar?

– Que vieram, vieram. Ma tu quer agora que eu vá pro céu todo enfezado?

– Claro que não. O corpo é só uma roupa velha, tu não vai mais precisar dele, vai ganhar um novinho da idade que tu quiser quando chegar no céu. Tu acha que o anjinho tem prisão de ventre? Nem cu anjo tem, olha que maravilha! Fecha os olhos, sente tua respiração, deixa a dor de lado, relaxa teu corpo, vai sentindo o ar entrando pelo nariz.

Fechei também meus olhos, mas deixei uma frestinha na pálpebra para ver se o velho embalava na meditação. Ele olhava para fora e acenava para onde antes estava a laranjeira.

– Ai minha barriga, Nenê. Me leva na patente.

– Vamos fazer o seguinte: primeiro você me acompanha na meditação e depois prometo te levar ao banheiro. Combinado?

– Nenê, tu tem cu, mas deve ser um anjo. Que bênção de neto.

– Respira fundo... inspira... expira... inspira... expira... Sente tua mente se afastar do corpo. Pensa que agora está tudo escuro, feito às três da manhã na roça. Ao longe tem uma luz e o senhor vai ao encontro dela. Uma luz bonita feito uma turminha de vaga-lumes. Vai chegando perto e avista uma graaaaande escada. O senhor vai descendo... descendo... descendo...

– Tá, mas o céu não é para cima? Não quero descer.

– Tá bem. Se o senhor prefere subir, vamos subir. Subindo... subindo... só não reclame de dor nas juntas. Agora estamos no último degrau, o senhor enxerga um campo verde bem extenso e lá longe tem um pé de laranja.

– Pode ser de bergamota?

– Tudo bem, nonno. E lá longe tem uma bergamoteira bem carregada de fruta. O senhor caminha até ela, colhe uma bergamota, descasca, sente o cheiro cítrico e suave que ela tem e depois permanece para observar o campo. Tem uma brisa boa, o sol ilumina, aquece mas não torra as vistas. O que o senhor tá vendo?

– A Zita. Como ela tá bonita!

– O que a Zita tem para te dizer?

– Ela quer que eu vá com ela num baile.

– E o que impede o senhor de ir? O nonno já cumpriu sua tarefa aqui, pode ir dançar um pouquinho com a Zita.

– Eu tô falando pra ela que não posso ainda. Não posso deixar a Odila sozinha e não quero ser enterrado num saco.

– A nonna não tá sozinha, tem a gente aqui. E desde quando vamos te enterrar num saco?

– Minha aposentadoria, Nenê. Tô esperando minha aposentadoria pra Odila comprar os remédio dela, e se sobrar eu compro um caixão.

– Ah, mas se isso for o motivo que te atrasa para o baile, eu pago um caixão.

– Pergunto todo mês para a Odila se sobrou pro caixão. Ela diz que com esse dinheiro só dá pra me enterrar num saco e sem coroa de flores.

– Acho que ela tem ciúmes da Zita, não quer que o senhor vá. Vamos fazer assim: o senhor aceita o convite do baile e eu cuido do caixão e da nonna Odila.

Olhei no relógio, fazia uma hora que ele estava dormindo. Tanto tempo acamado; o sono era bem-vindo a qualquer horário. Levantei e lembrei que as palmas-de-santa-rita dançando na janela eram as mesmas que a mãe levava no cemitério quando morria um ente querido. Voltei a atenção para o nonno, cujas pontas dos dedos começavam a ficar roxas. Tinha aceitado o convite do baile. O nonno deu um suspiro e fez uma cara como se fosse berrar "gooool do Grêmio". Só eu e o Mazzaropi vimos que ele se cagou nas calças.

Passa o galeto que engasgo sozinho

– Mãe... manhê... mãin?
– Ma crendiospadre, Creone, tô ajudando teu pai – disse a mãe enquanto desdobrava o mapa rodoviário de Santa Catarina equilibrando a cuia de chimarrão entre as pernas.
– Oh, manhê, passa o galeto?
– Só pode tá com vermes, piá! Nem passamos do trevo de Palmitos.
– Mas não tamo na estrada?
– Que tamo, tamo. Agora não é porque tamo que tu pode de saída comer o lanche que fiz pra viagem toda.
– Tem graça comê galeto frio, mãin?
– Já te disse, só quando chegar na grutinha.
– Como chama a santa mesmo?
– Não é santa, é Nossa Senhora.
– E por que ela é santa?
– Já falei que não é santa, é Nossa Senhora!
– Tá, mas a Nossa Senhora não é santa?
– Que é santa é, mas pra não ofender em vão melhor usar o nome correto.
– E qual é o nome dessa Nossa Senhora então?
– Não sei, Creone. Pergunta pro teu pai.

– Paiêêêêê!

– Cala a boca, piá, não tá vendo que teu pai tá dirigindo na cerração? – diz a mãe, enquanto o pai pisca as vistas alinhando o carro com a faixa no meio do asfalto para não se perder na neblina.

– Manhê! Por que meu nome é Creone?

O pai coloca o queixo no volante, pisca as vistas outra vez e tenta cutucar a mãe antes de trocar a marcha.

– Era para ser *Cleone*, mas a secretária do cartório do Tibola não conseguia pronunciar o "l", daí ficou assim mesmo...

– *Cleo*... e por que não arrumou depois?

– Porque o Fuscão Preto não deixou ou foi culpa das andorinhas que voltaram... – disse a mãe segurando o volante enquanto o pai desentupia com as mãos a bomba do chimarrão e tocava a guia nos joelhos.

– Pai, a mãe só pode ter comido bosta achando que era salame.

O mapa rodoviário voa na cabeça do menino.

– Cala a boca, piá, não tá vendo que teu pai quase joga a gente no perau? Tem nada aí atrás para te entreter um pouco, não?

Creone dá uma baforada no vidro, desenha seu nome, apaga na sequência. Pega a boneca da irmã, que dorme ao lado, alisa os cabelos do brinquedo e o estrangula.

– Mãe, tu não sabe o que é um desabafo? Que diacho de nome é esse que não rima com os outros? Kelli, Katiane, Kleison e Creone? CRE-O-NE, mãe?

O menino conforta a boneca entre ele e a irmã. Soltando a musculatura do rosto, se reprime em questionamentos enquanto a mãe, no retrovisor, enche mais uma cuia e segura o riso.

— Olha, nem vem me jogar tuas cacarias. Não te contei que te achei na bacia do chucrute na Festa do Frango? O nome eu tinha escolhido outro, achei tu com cara de Kléber. Nome bonito, de gente bem-sucedida. Sabe o Kléber das Óticas Kléber, não sabe? Sem falar que ele jogava junto com teu pai no Penharol de Flor do Sertão. Coitado do Kléber... morreu afogado faz uns anos.

— Crêndios, mãe, só piora. Ainda queria me batizar com nome de defunto. E que história é essa de chucrute?

— Respeita os morto, piá! Isso chama homenagem. Vai lá visitar tua avó qualquer dia no cemitério e averiguar quantos túmulos tem escrito Maria. E depois vem ver se eu fiquei ofendida com a minha mãe. Tu deveria agradecer. A maioria das crianças são encontradas num cestinho no açude. Vira e mexe as carpas viram o cesto e os bebês se afogam. Outras, a mãe encontra na horta enfurnada num repolho. Mas tu, piá, já veio pronto. Lindo, gordo e rosado dentro da bacia de chucrute, daqueles com o repolho picado bem fininho. Tava lá boiando no vinagre quando te encontrei. Por que tu gosta tanto de galeto, hein, me diz? Tem nada melhor que chucrute com galeto.

— Dãã, manhê, para de soltar balão. Tá, e por que não *Kreone*, com "K", para ficar igual aos outros?

— Te falei, culpa do Fuscão Preto.

— O que o Fusca tem a ver com o nome de bosta?

— Vou enfiar o galeto na tua goela se tu não parar de falar palavrão.

– Então passa o galeto que eu me engasgo sozinho.

– Pronto. Era só o que me faltava. Eu, presa pela Polícia Rodoviária porque matei um ente meu de desgosto. Toma um Pletz para acalmar essas lombrigas.

– E o Fusca?

– Fusca? O Fusca, Creone? Quem acabou fazendo homenagem foi teu pai. Mas prum desconhecido! Creone é o nome dum músico do Trio Parada Dura. É isso mesmo, né, Sérgio? Teu pai custou a me contar que tinha te registrado com o nome que ele quis – disse a mãe, dando uma beliscada no marido que subia o farol na placa que indica a gruta de Campos Novos a trinta quilômetros.

– Mãe, eu quero mudar de nome.

– Tudo bem, Creone. Voltando para Tigrinhos vamos no cartório do Tibola e a gente conversa com ele, para ver se dá para trocar a letra. Pelo menos posso me confortar com um pingente só – assegurou balançando a pulseira com as iniciais dos filhos.

– Então já compra o "J".

– Jota?

– Sim, de *Jéssica*.

– Filho... Quer um galeto?

Pombagira romântica

– Tá ouvindo perfeitamente?
– Sim, perfeitamente mal. É o Rei Salomão, esse aí?
– Não! Tá com o nariz muito arrebitado para isso... Chegou pedindo um cigarro. E dos finos. Fez um bico e disse que não escreve para agradar ninguém, para ninguém achar que faria o mesmo morta.

Oração de abertura
"Rogamos ao senhor Deus todo-poderoso enviar-nos bons espíritos para nos assistirem.
Dá-nos um sagrado princípio, o amparo das legiões mensageiras. Tornai- nos doces ao vosso conselho e dai aos médiuns por vós escolhidos a consciência da seriedade do ato a realizar, a fim de que o façam com fervor e caridade."

– Mas que cheiro de Q-Boa essa gente tem, pelo amor! Não dava para colocar a roupa no amaciante um pouquinho para pegar um cheirinho doce?
– Tu me sossega ali, Dário, é assim mesmo. A gente usa roupa branca para aspergir com água benta. É a cor da cura, dos médicos apensionados, como tu bem sabe.

— Não seria *ascencionados?*
— Dá no mesmo. A pensão e a subida são tudo de Deus. A gente é só um instrumento divino e, como disse o irmão Jarbas, se tu não tocar a tua música alguém te mete um xote de rasteira.

Todas as terças ao entardecer, Clédis trajava branco para ajudar no serviço da casa espírita de Tigrinhos. Chegava antes de todos para passar esponjinha nas latrinas e água sanitária nas pias, fazer a contagem dos rolos de papel higiênico, à espera de aproximadamente setenta pessoas. Fazia no intuito da ação abnegada, mas vira e mexe, quando crescia uma fila na porta do banheiro, comentava:

— Sou muito agradecida de servir limpando o banheiro. Sabiam que o irmão Jarbas também começou limpando privada lá em Abadiânia?

Seu sonho era ser passista. Mas para chegar ao nível de incorporação, teria de enfrentar anos de doutrina e serviço dentro da casa espírita.

— Algumas pessoas chegam com o corpo molinho já dando passagem. Mas até esses o irmão Jarbas manda se entocar primeiro no estudo. Não dá para sair acreditando em tudo, né? Tem gente que passa um ventinho, espirra, tem uns arrepios na nuca e já jura ser entidade tentando contato.

Dário Futz teria um longo mês de tratamento pela frente para se livrar de um encosto (como dito pelo irmão Jarbas) pego saindo pela tangente do casamento de outros. Foi assim um caso de Pombagira romântica mal agradada que teria feito a mulher do clínico-geral do município se internar aos cuidados do jovem enfermeiro.

Depois da leitura do Evangelho, uma senhora fiel, participante dos encontros desde a fundação, ordenou a todos os presentes que imaginassem no meio da sala uma taça bem grande feita do mais puro cristal. Emanando dos olhos e corações diversas energias envolvidas em claridade, jorrada para a taça ao centro.

– Queridos irmãos. Convido agora irmã Pretinha para levar esta energia ao mais longe que queira e possa precisar, aos que necessitam dela para continuar seguindo. E deixe conosco, irmãos e irmãs, uma quantidade suficiente para que o nosso irmão Jarbas inicie os trabalhos. Aos irmãos vindos com sentimentos contrários ao amor, peço gentilmente para se retirarem. Ou que os mesmos se purifiquem na luz emanada do seu coração.

– Será que vem o tchó da semana passada? Ele disse que era especialista em Pombagira romântica. Só passo se for com ele.

– Tem que confiar no irmão, ele sabe as entidades certas para ajudar com o teu problema. Já vi gente querendo prum tudo operar com o Dr. Fritz e na finaleira ganhar passe do Che Guevara. E foi bonito, se curaram igual. Os médicos mesmo em espírito têm agenda cheia. Tu pensa que não é cansativo arrancar um tumor só com uma baforada? Me disseram para chegar cedo para passar com ele. É com o Bezerra de Menezes que tu quer falar?

– Não... Anotei vez passada e guardei no bolso. Deixa ver no papelzinho... Ele me veio balançando os braços e cantando, parecia que tava lá comigo quando fui medir a pressão da Joice e ela me agarrou de supetão. Nunca entendi por que chamam as mulheres dadas de galinha, quando galinha é um bicho tão fiel. Deviam sim chamar de gata. A Mima mesmo, no último cio passou o rodo nos gatedos da rua toda. Daí tá lá, feito um balaio de tão prenha. Nunca reparou que nasce filhotinho um de cada cor? Tudo de pai diferente. Agora a pomba... vai entender por que encasquetam com as aves... Para mim, pombinha era símbolo do Espírito Santo, de luz, de paz. Como é que eu ia saber que a Joice tinha uma pombinha rodopiante e ainda por cima gamada em mim? Tim Maia, é com ele que eu queria passar.

Cinco cadeiras para o passe, dez passistas, um na frente do outro. Clédis direcionava os presentes da sala de espera para o passe, como uma aeromoça dando os avisos de segurança. Ninguém olhava para ela, mas lá estava apontando para a esquerda e a direita num zelo presunçoso. Depois da sala do passe, orientava os pacientes para o grande salão onde o irmão Jarbas receberia as entidades e os espíritos para a doutrina.

Irmão Jarbas girou duas vezes para a esquerda e uma para a direita, caindo aos trancos na cadeira. Pediu um cigarro fino e com a língua presa disse, olhando para o meio da testa do Dário:

– Tô meio oca. Eu só estou triste hoje porque estou cansada, no geral eu sou alegre. Como você se chama?

– Eu? Dário.

– *Diário*, não se preocupe em entender, viver ultrapassa qualquer entendimento. Tá ouvindo perfeitamente?

– Sim, perfeitamente mal. Ma tchó, quem tu é ali? Eu queria muito falar com o Tim Maia... ou a senhora também entende de Pombagira?

— De pomba não, mas de ovo a ovo chega-se a Deus, que é invisível a olho nu.

— Ma crêndios, eu não te entendo. Será que o Tim Maia pode ao menos me mandar uma cartinha via a senhora?

— Suponho que me entender não é uma questão de inteligência e sim de sentir, de entrar em contato... ou toca, ou não toca.

Com a mão cobrindo a boca torta e seu bigode, Dário perguntou a Clédis se a entidade presente era alguma artista conhecida. Ela se abaixou diante do irmão incorporado e estalou três vezes os dedos, franzindo o nariz em negação. Nunca tinha visto espírito de aparência tão melancólica baixar por ali, e ainda por cima falando devaneios. Além do mais, era ela a encarregada dos pedidos do espiritual, onde iria encontrar cigarros finos no Tigrinhos?

— A senhora tá falando de onde? Consegue ver no seu ovo de cristal se vou ter de volta meu emprego?

— No momento estou morta, estou falando do meu túmulo. Só vê o ovo quem já o tiver visto. Ovo visto, ovo perdido.

— Irmão Jarbas, com todo o respeito, quem deve tá com encosto é o senhor.

— Uma vez um homem foi acusado de ser o que ele era, e foi chamado de Aquele Homem. Vocês não sabem nada de mim. Nunca te disse e nunca te direi quem sou. Eu sou vós mesmos.

Irmão Jarbas estendeu a mão para Dário ajudá-lo a se levantar e, de supetão, sacolejou o corpo num cai e não cai até deslizar de volta na cadeira com o semblante recomposto.

— Vamos lá, Clédis. Ajuda o irmão, acho que a entidade foi embora...

Pouco após tocar a mão do médium da casa, Clédis sentiu um vento lhe envergar a nuca. Balançou a cabeça, não conseguia mais dizer o que vinha à mente, como se algo a empurrasse para fora do próprio corpo. Balançou os braços, olhou para Dário e começou a cantar:

Ovo de galinha magra gora, todo mundo que eu conheço choraaaaa.

Assustada, entrelaçou as pernas e apertou os cotovelos com força, na tentativa de amarrar o corpo para a entidade escorregar para fora do seu físico feito xixi. Quanto mais sentia medo, mais possuída ficava. Desconectada da carne, pensava: quando tudo isso passar, vou frequentar apenas a Igreja Católica. Mas bastou Dário sorrir feliz com o reencontro para se entregar ao espírito.

– Bota agudo no bumbo, meu filho. *Tudo é tudo e nada é nada... Me dê motivos para ir embora, estou vendo a hora...*

Forca esperando o bonequinho

O espinhaço verde graúdo deslizou num traço formando uma letra "i" minúscula em minha bochecha esquerda. Chorei menos que as pisadas num vespeiro, mas deu para a tata escutar lá de dentro e vir num corridão me socorrer no pezinho de limão, que nem existe mais nos fundos da casa. Restou o terreno lavrado, seco, sem nada. Nenhuma mureta para contar memórias. Me enchi de dó, secaram o açude.

Foram muitas tatas que passaram por casa, trabalhando em troca do quartinho e estudo. Cuidavam da gente enquanto a mãe dava aula. Gente: eu, meu irmão, por vezes os primos, todos criados soltos. Só chamava a tata na hora da tchucha ou do lanche. E pensar que tomei mamadeira até os nove anos. Meu queixo teria crescido mais um pouquinho se não fosse agarrada ao leite. A mãe cortava o bico da mamadeira, gasto das mordidas que eu dava – provável causa do meu bruxismo.

    Não lembro de Toddy, era café com leite sem açúcar mesmo. Só pegava no sono tomando a tchucha e puxando o biquinho do meu peito esquerdo. Esse cresceu mais que o outro e no futuro, eu puxaria o direito para ver se igualavam ou ficassem ao menos parecidos. De dentro da camisa se via de longe o farolete duro do peito sinistro; o outro seguiu discreto, molinho.

A tata me xingou. As tatas, quando não sabiam o que fazer, xingavam. "Que ideia de jerico subir na árvore para chupar limão com sal." O azedinho do sal na fruta era o mais perto que chegava da lembrança das rodas de caipirinha que o nonno fazia quando vinha visita. Eu não era besta. Sentava no colo dele para ganhar um golinho, ia no colo do pai, mais uma bicada, depois me pendurava nas canelas do tio Gentil. Nem notavam a menina de cinco anos dando uma beiçada no jarro de caipirinha. Ainda que parecesse tolice, depois eu ensaiava uns rodopios na grama até cair num bagunçar de estrelas.

Esqueceram de colocar clara de ovo na minha moleira, por isso que ela nunca fechou. A mãe morria de medo que eu batesse a cabeça, dizia para a tata ficar sempre de olho nas minhas brincadeiras.

Caí – e caí feio. Tava alisando o meu bodoque quando de revesgueio vi subindo no galho da árvore uma aranha marronzinha. As marronzinhas matam!, dizia a mãe. Larguei um berredo atrapalhada na descida, tropecei no tronco e meu rosto lambeu o espinho do limoeiro. Entre soluços e ranho, lembrei de dar três cusparadas no chão. Quando a gente é criança e bate a cabeça, melhor fazer isso, senão a mãe morre. Não queria a mãe morta.

A tata me pegou no colo feito tatu-bola e foi me carregando até o pátio de casa. Lancei a testa para a frente e me acomodei no seu ombro. A tata cuspiu na mão para limpar o corte da minha bochecha. Eu soluçava, soltando os brônquios na tentativa de que a graça do seu colo fosse eterna.

Comigo encarrapatada em seus braços, ela buscou a malinha de primeiros socorros na despensa. Aplicou mertiolate no corte dizendo: "Pronto, Nena, para de choro. Só não te sopro o rosto que é pra tu não ficar com cara de boba. Depois se olha no espelho, é só um rabisco, parece até uma bugrezinha do Araçaí."

Cresci e rápido, quatorze centímetros num ano. Da mesma forma, minha cicatriz na bochecha espichou. De um "i" pequenino, formou-se um "L" maiúsculo ao contrário. A mãe dizia que parecia mais o desenho de uma forca esperando o bonequinho.

Escondida atrás do cabelo escorrido, fugindo na escola do acelerador de escada – brincadeira besta de enfiar o dedo no cu do coleguinha da frente ao voltar pra classe do recreio –, ficava mais entristecida mesmo era com o pedacinho que faltava na minha bunda.

Por isso nunca desejei pimenta na vista de gente ruim, amaldiçoo logo com um furúnculo graúdo na bunda. E mais, praguejo uns sete de uma vez. Foi o que aconteceu comigo. Não sei se foi peste ou falta de benzer. Querendo ou não querendo, tinha um traço genético no estopim da purulência. O pai teve um furúnculo dentro do nariz, inchou até o olho. Meu irmão ficou com os dedos tortos porque furunculou todas as pontas, do dedão ao mindinho. Sei que a mãe teve também, mas não consigo lembrar onde ficava o furúnculo dela. A mãe era muito vaidosa, não ficava exibindo por aí que estava pesteada. Eu não, ficava de pé no fundo da sala a manhã toda e quando algum professor reclamava mandando sentar, retrucava: "Não posso, tô com furúnculo na bunda".

A parte que me falta fica bem no sorriso da bunda, feito a cara de alguém que se percebe rindo de algo nada engraçado. Já me peguei explicando meu traseiro, "não é celulite, é cicatriz". Podia acabar por aí, mas ainda tive na perna outro que espremi cedo demais fazendo queloide. Quando esse apareceu, eu já estava calejada de furúnculo. Cada vez que uma espinha interna doía, tacava logo um cataplasma de pão e água morna crendo que era furunculoide. "Sangue sujo, Nena, é sangue sujo", ouvia. Tinha vontade de espremer o furúnculo e grudar no pescoço de quem me dizia essas asneiras.

Logo abaixo dos sinais furunculentos, o meu predileto. Bem no meio do joelho esquerdo tem uma cicatriz parecida com o mapa de Cunha Porã. Dá até para ver a BR-158 passando pelo centro. Ser atropelada não é algo para se gabar, mas a estrada era o resto do asfalto que ficou por baixo da casquinha que levantou antes do tempo. Aparenta tatuagem, mas naquela época nem existia tatuador em Maravilha. Quando uma pessoa se machucava, diziam: pede para alguém dar um beijinho na ferida que sara. Se pedisse, ninguém daria, as pessoas eram avessas a demonstrações de carinho.

Meu segundo beijo – contando os de língua, claro – foi num menino paulista com síndrome de Xuxa. Ele disse: "Tudo que você quiser você consegue". Notou minha cicatriz no rosto e, muito simpático, me enviou um livrinho de contos do Charles Bukowski. "O primeiro conto é todinha você, a mulher mais bonita da cidade", disse ele.

Naquele tempo eu nem gostava de ler, mas aceitei o livro. Fui lendo e no começo até achei a moça parecida comigo, sempre muito animada ou então deprimida. Mas daí a história foi me incomodando. A moça, não conformada em ser bonita, foi se rasgando toda com uns pregos, uns cacarecos que achava, até se suicidar cortando o pescoço. Que coisa. Tudo isso porque não quis namorar. Não queria que me achassem defeitos ou premeditassem meu caminho. Eu mesma gostava do apanhado de cicatrizes, todas no lado esquerdo do corpo, o feminino. Se eu tava bem, por que alguém tinha que se meter? Bem que a mãe disse: "Os homens são o furúnculo do mundo, te machucam até sair o estopim".

Com o esticar da adolescência e as visitas periódicas a dermatologistas, foram sumindo com a minha forquilha. Não sei ao certo, mas um dia me prendi olhando no espelho e tava só eu, o bonequinho. Assim como não sei quem derrubou o limoeiro nem onde foram parar as tatas.

Soberana Rainha das Piscinas 1982

1.

"A vizinhança do Fuzil é mais aberta que a do Poço Rico. Tem gente ali que diz que ela era de lá, filha do falecido Balastrelli. Eu tenho minhas dúvidas. A primeira vez que vi a menina já era espichada, uns oito anos. Magrinha feito uma taquara, ficava de banda com as tias testemunhas de Jeová. Eu abria a porta, ela se escondia atrás do panfletinho. Depois a que se dizia mãe voltou e de repente ela me aparece em casa trazendo a santinha. Com terço na mão e tudo."

2.

"Sempre teve porte de miss, bonita que só vendo. A gente sabia que a candidata que ganhava era a que vendia mais rifa. Nunca me ofereceram um número do bloquinho da Joice…"

3.

"Ela nunca foi gorda, e de repente vejo só uma barriga passando. Não sou de reparar, mas quanto mais crescia o bucho, menos a gente via a Joice. Da minha parte, eu tava convencido que ela tinha se arranjado com algum tipo lá do Fuzil, daqueles que trabalham no frigorífero e a gente nunca vê de dia. Quando a gente era pequeno, estudava lá na escolinha da cabeceira do Poço Rico. Eu, Leda, Juarez e Joice. Nós ia na escola tudo junto ali, né, e os piá do Clemente. Daí um dia a gente tava voltando da escola e tinha um negócio do Exército. A mãe sempre assustava a gente quando a gente era criança. Que tinha os tirador de sangue. Quando a gente via uma coisa estranha, era para se esconder, porque tinha os tirador de sangue. Aí passou um helicóptero, a gente correu pro meio do capim-elefante, aquele capim que corta. A gente se atirou no meio dos capim--elefante que o Alípio tinha plantado na beira da estrada. Cortamo tudo as perna, menos a Joice, que se cuidava como se fosse uma xicrinha. Se ela voltava para casa com uma farpinha que seja arranhando o rosto, a mãe dela dava sumiço em um dos gatos da casa. Naquela época, a mãe já escrevia ela nos concursos de boneca viva. Mudava até de escola depois de um ano, só para concorrer de novo. A gente ia na festa junina da paróquia e quem era a noivinha? A Joice! E depois a Rainha Caipira? E a Rainha da Festa do Frango? A Joice outra vez. E a Soberana Rainha das Piscinas? Joice... O que eu tenho de picada de mosquito nas canela ela tem de coroa e faixa. A última vez que eu falei com a Joice foi depois do baile da última etapa da Rainha das Piscinas. A Joice ganhou uma XL 20 e me chamou para dar uma voltinha no prêmio. Não é que a véia descobriu e fez um tendel na hora em que deixei a Joice e a moto na casa dela? Já que não podia bater na filha, descadeirou dois gatos da Joice, justo os amarelinho que ela gostava tanto."

4.

"A Joice passava todo dia na frente de casa e dava bom-dia sorridente. Eu disse pro Juarez: um dia atrás do outro é um bom dia. Agora, um dia tem barriga, no outro tá uma tripa e nunca se vê o bebê... bom dia para quem? Foi aí que a coisa começou a feder. E digo feder sem nem imaginar o tamanho da bosta em que essa gente tava metida. As prima de parte do falecido – tudo testemunha de Jeová – estavam sempre nas tarde por aqui na Linha Fuzil. Um dia foram levar a palavra na casa da Sibila, a benzedeira, e deram de cara com a Joice saindo com uma sacola cheia de umas planta daquelas bem forte, de tirar tudo do corpo. A Joice disse que estava com amarelão e foi se benzer. Duas semanas depois, parece que o ovo da prece cresceu na barriga. Já devia estar de doze semanas. A mãe, ouvi dizer, tava nuns parentes em Caibi procurando uma casa para as duas morar, porque a Joice tava inscrita no Rainha do município de lá. O Juarez me aconselhou a não me meter nos boatos, mas como eu era muito afeiçoada do falecido Balastrelli, achei melhor, como mãe de três, ver se a moça não precisava de uns panos para o enxoval do filho, já que a mãe dela tava longe. Esperei meu marido voltar do serviço e disse pra ele: 'Tu me cuida das bolacha no forno que eu vou levar a santinha na casa da vizinha'. A gente aqui no Fuzil se ajuda muito como comunidade. Quando um sai, sempre fica de olho na propriedade do outro. Uma vez, os Tibola foram para Chapecó e se não fosse meu cachorrinho, o ladrão tinha levado as roupa do varal tudo. E lá fui eu com meus paninho e a capelinha para a casa da Joice. Bati umas palmas no portão e nada. Escutei um barulho nos fundo do pátio, me saiu um gato todo manco correndo arisco que só. Deixei a santinha no muro e dei a volta na casa. Aproveitei que tinha uma montoeira de lençol no varal e me escondi com a fralda que levei de presente na cabeça. Gente de Deus!

Me acelera até os batimento de lembrar. Tava a Joice e a mãe rolando uma pedra para detrás da patente. Voltei para casa num corridão e contei tudo pro meu filho e pro meu marido, até esqueci da santinha no muro. O pai pegou o foque, o Juarez uma vela, eu as bolacha queimada. Fomos os três rezando fingindo que aquela era a hora da vigília. Bati duas palmas e nisso me vem um ronco de moto dos fundos. O Juarez, que era mais chegado, chamou pela Joice – e nada também. O mesmo que me fez desconfiar horas antes me fez voltar à patente. Juarez alumiou a fossa e deu para ver boiando um bracinho. Que espécie de mãe amarra com arame farpado na pedra e joga na fossa um filho?"

Osmari e o reino das nuvens pretas

Para Osmari Troion, conhecido como o ferreiro solteirão da Linha Chinelo Queimado, ter sorte é passar despercebido. Quando pequeno, a mãe, Leda, descobriu que o filho era maior que os demais porque não tinha mandrião que cobrisse o menino. Troion nasceu para ser comprido e aos doze alcançou os sapatos do pai. Com os anos os pés estranhos foram ficando grandes, tão grandes de romper o couro e o solado. A vida adulta só lhe permitia viver descalço; a sola do pé crescia tão espessa que não se machucava nem pisando em prego ou farpa. "É o pé que entorta os pregos", dizia. Todos sabiam por onde andava o gigante da Linha Chinelo Queimado, mesmo que saísse às escondidas para não ser lembrado do seu tamanho.

"Seu Troion passou por aqui! Olha os rastros dos pés de dragão na estrada."

A ansiedade causada pelo contato cotidiano com os agrotóxicos administrados na lavoura de fumo gerou forte depressão na mãe. Seu pai reclamava de formigamentos nas pálpebras e nos lábios, irritado sempre por espirros e coceira intensa, contudo escondia as manchas na pele e negava a ligação de qualquer sintoma com o veneno. O patriarca sucumbiu primeiro às ideações suicidas do pesticida. Osmari encontrou o corpo caído na plantação perto da calda agrotóxica. Os vizinhos aos poucos também foram adoecendo; aqueles que conseguiam trocavam as lavouras de fumo por milho ou até mesmo aviários. A fumicultura requer mão de obra intensiva, tem garantia de comércio e não exige grande extensão de terra. Nesse ciclo sem fim, os Troion se viram rodeados pela plantação e cada vez mais isolados do mundo, presos a uma dívida feita com a fumageira para investir na produção.

O colono herdou a fixação pelo trabalho. Mesmo com fraqueza, tonturas e dores abdominais, não se dava ao luxo de deprimir. Nas horas livres fabricava tirantes, foices, enxadas e ferraduras, era inventivo em seus afazeres e quando talhava ferro na bigorna não abria a porta da casa para ninguém. Na ocasião em que isso acontecia, os vizinhos ficavam bisbilhotando pelas frestas das paredes na tentativa de presenciar o que iria engenhar. Certa vez, Osmari inventou uma espécie de foice rotativa na ponta de uma taquara para pegar frutas do alto das árvores: os pomos já caíam descascados.

– Agora sim, chega dos meus sobrinhos se estropiá pegando fruta.

Procurou junto ao bando de crianças da rua os sobrinhos e, festivo, com o invento em mãos, correu para mostrar o presente. No que avistaram o tio desengonçado, foi um bochincho só, correu um para cada lado em gritaria: "Vai lá, teu tio pezão tem um presente de família!" E um dos sobrinhos rebatia: "Não é família, é um parente".

Fugiu do infortúnio para se dedicar com afinco à lavoura: canteiros prontos, mudas transplantadas na terra e pulverizador nas costas era a forma de apartar seus problemas, aplicando o agrotóxico com a bomba de dispersão até a visão ficar turva e embaçada. Colapsou. Osmari se viu adentrando o matão dos padres logo atrás do seminário. Todos na região sabiam que o local era tomado de um encantamento, e por isso cercado e pouco explorado. No seu cavalo, aproveitou um pedaço de cerca caída para campear mata adentro. Passados alguns metros, algo invisível guiou o freio num zigue-zague labiríntico até uma singela casa amarela, de entradas verdes e sino na porta, na qual morava uma moça bonita. Não quis acordar a menina. Provou a comida posta à mesa da cozinha, uma fartura de se lambuzar! Tinha chimia de abóbora, uva, salame, morcilha branca, morcilha escura, morcilha amarela, torresmo, nata, cuca sortida, sagu de vinho, sagu de suco, pão alto, pão baixo, cueca virada, bolacha pintada e um montão de coisas que nem eu, muito menos ele, sabia o nome. Comeu até não caber mais uma pitanga no bucho.

Arrumou um fiozinho de cabelo que se desprendia dos outros atrás da orelha da moça e disse:

– Olha, acho que já vou indo, senhorita. Queria dizer obrigado pelo café colonial. Um dia te trago um rancho em agradecimento e umas lâmpadas, viu? Aqui tá tudo escuro e não achei as velas.

– Pode seguir caminho, – respondeu a moça. – Se quiser voltar é bem-vindo, me alegra tua companhia, mas tem uma condição: não entre em casa de sapatos.

Osmari, convulsionado, acordou no hospital ao lado do sobrinho mais velho, chateado por ter de lhe fazer companhia.

Troion não quis saber das recomendações médicas. O pouco que ficou em casa com emplastro de babosa nas rachaduras dos pés foi com a cabeça num emaranhado de ideias tentando refazer na mente o caminho de volta até a moça. Largou mão dos inventos e disse para a mãe que pediria um empréstimo à fumageria, pretexto para ir até o sapateiro em Maravilha comprar um par de botas feitas sob medida.

Cortou as unhas, poliu os calos, a casca mole talhou com facão e ofereceu o naco do pé aos cachorros, fez de calçado um saco de estopa e tomou o rumo da cidade. Vestindo os sapatos novos, pés arrastados, parecia um bêbado se equilibrando sobre uma corda. O solado cortava a comunicação com a terra, no entanto Osmari sorria satisfeito.

Chegado à estação da colheita e secagem do tabaco sob as altas temperaturas do verão, Osmari, desconfortável com qualquer aparato de proteção, seguia o serviço em contato direto. Pés descalços refrescados na terra, altas doses de nicotina absorvidas pelo suor da pele ao manejar as folhas verdes. Não bebia, mas conhecia bem o porre do fumo.

Enjoo, fraqueza e tontura... De ouvir as badaladas do sino, seguiu mata adentro, desta vez sem cavalo. Acostumado com as botas novas, alargou a passada, lacrimejando em uma salivação intensa. Não soube se deu mais voltas que o necessário ou se justo o embaralho o fez chegar até a casa amarela. Curioso como todo homem que vê uma mulher de camisolinha dormindo tranquila, acendeu um toco de vela que carregava no bolso. "Como é bonita!"

Chegou perto para espantar uma mosca zumbindo na testa da donzela, no que escapa uma gota de cera bem no meio dos olhos dela, que diz: "Meu encanto ia acabar. Agora parece que tudo pesteia. Te disse pra não entrar em casa de sapatos. Sinto muito, mas agora você está preso comigo aqui no reino das nuvens pretas." Osmari, com dificuldade respiratória, viu tudo ao seu redor desvanecer e numa atração angustiante beijou a moça.

Quem encontrou Osmari foi um dos meninos do bando dos sobrinhos que tinha ido longe no pique-esconde. Estava abraçado às manocas de fumo no galpão de cura. Foi a primeira vez que o viram calçado.

Lascaram umas tábuas da janela da cozinha da irmã, cada sobrinho tirou duas ripas de madeira da cama, talharam o cabo do apanhador de frutas e fizeram um caixão que mais parecia um balaio com o acabamento de cipó. Osmari era tão alto que não coube no caixão; o enterraram com os pés para fora.

Dominó da ponta

> *"Se as águas do mar da vida quiserem te afogar*
> *Segura na mão de Deus e vai."*
> NELSON MONTEIRO DA MOTA

– Paiê, como é a mão de Deus?
 – Como assim, Túti?
 – Ela é gorda, comprida, de vento?
 – Te mete fazer perguntas difíceis a esta hora.
 – Mas como a mãe vai segurar na mão de Deus pra ir embora se colocaram esse monte de terra em cima dela?
 O pai seguia numa fila de abraços no estreito corredor de túmulos do cemitério, enquanto o coro de choro se despedia da minha mãe cantando: "Segura na mão de Deus e vai". Às vezes, eu também ganhava um abraço. Como filha da falecida podia fazer o que quisesse, limpar o nariz na blusa, gritar "por que, Senhor?" e pedir que ela voltasse, podia até me esparramar no chão feito a nonna. Já tinha me acostumado com o choro. Era a primeira vez que via alguém morrer na minha família e fiquei do lado esquerdo do caixão.
 – Como tu acha que a mãe vai esticar os dedos até Deus?
 – Humm... Talvez deixaram um buraquinho no caixão,

né? Daí, zapt, vai um dedo, zupt, vai outro e mais um e mais outro e pronto! A mãe se monta todinha no céu.

– Que guriazinha esperta. E não é que é assim mesmo!

A mãe era a primogênita das sete irmãs, mas não por ser a mais velha tinha de ir primeiro. Aconteceu assim, nem sempre a morte começa pelo dominó da ponta.

Eu era pequena, pensava que a mãe, com seus quarenta e quatro anos, tinha morrido velha. Um dia terei a idade da mãe quando foi parar no hospital e nunca mais voltou, ainda assim não serei velha. O nonno, pai da mãe, com seus oitenta anos, não estava preparado para dar a mão pra Deus, imagina a mãe. "Deus me livre dar a mão." Se o céu é mais longe que de Tigrinhos até a Praia dos Ingleses, Deus pega a gente pela mão Dele segurando num braço só, deve ser de estirar o sovaco. O pai falava: "Túti, aqueles rabiscos no céu são avião, mas podia muito bem ser Deus carregando alguém". Ou será que Sua mão é grande, feita de nuvem e a gente fica encolhidinho dentro dela, dormindo a viagem toda?

Voltamos do cemitério e tava um pôr do sol cor de caqui maduro, daqueles de deixar o pelo amarelo do Rosca parecido com um leão. Enrolei o gato na minha camiseta e ele fez uma tetinha no tecido, me chupando e afofando num rom-rom de filhotinho. Talvez para o Rosca eu, com oito anos, fosse velha. Tinha ido pro hospital uma única vez na vida, com infecção no ouvido por causa duma alergia a penas de galinha que a mãe colocava de enchimento nos travesseiros. A mãe tinha muito serviço, mas ficou comigo o tempo todo e quando tive alta ganhei um sorvete seco com um balãozinho vermelho na ponta.

Alguns familiares vieram de longe, uns noventa quilômetros de Saudades, e não podiam voltar para a partilha das coisas dela. Para mim era estranho, nem tinha despachado uma unha para o céu e minha família já estava debruçada na sua cama num puxar de louças e vestidos. Tio Lauri, que nem era irmão, ficou cutucando tia Neide para ela pegar as abotoaduras de prata do meu pai. Minha irmã teve que esticar o olho e avisar: era a mãe que tinha morrido.

As primeiras coisas pegas foram as louças de porcelana do enxoval dos meus pais. A mãe sempre deixava guardada para quando viesse uma visita importante. Tia Clédis era a mais próxima da casa e ficou com as sopeiras, minha irmã Jaque com o resto. Minha irmã separava tudo no seu cantinho da cama, olhava para mim e dizia:

– Quando tu crescer, Túti, a mana te empresta.

A única coisa que me deram foi um brinquinho. Nisso saiu a tia Neca do banheiro com as mãos para trás, segurando os beiços.

– Que foi, Neca, tá escondendo o que aí?
– Eu me botei o sorriso da Têre.

Tia Neca abriu a mão mostrando sua dentadura amarelada e sorriu com a chapa da minha mãe na boca.

Tio Lauri ficou rindo feito um tonto e minha irmã com a famosa cara de "me caíram os butiás do bolso". Corri pro pátio de casa procurando o pai. Não encontrei meu velho e chorei o que sobrou do velório.

A mãe, quando queria assustar, tirava a chapa e corria com a dentadura na mão atrás de mim para ver se eu parava de azucrinar. Dava tanta volta na casa! Quando olhava para trás, via ela abaixada para buscar o fôlego rindo com aquela boca mole gengiventa. Nasci e a mãe já era desdentada, ela foi no dentista pela primeira vez com uns trinta anos. Vi numa foto da mãe novinha que tinha os dentes iguais aos meus, pequenos e desalinhados como um tiranossauro e sua cabeçona. O médico disse que seria muito caro colocar um aparelho, e para a mãe ficar bonita arrancou todos os dentes. Meteu uma chapa no lugar. O pai também usa chapa, mas a dele é só nos dentes de trás.

Tia Neca foi se despedir e me encontrou chorando agarrada ao Rosca. Me enfiou embaixo do seu sovaco gordo e embalou como se eu fosse um gatinho. Tadinha da tia Neca, ela também amava a mãe e nunca lhe trocaram os dentes por um sorriso bonito. Mas a mãe iria chorar na hora que juntasse todo seu corpo no céu e desse falta da chapa. Minha preocupação era que, agora vento de espírito, ela ficasse vagando no mundo atrás dos dentes.

Mais tarde o pai foi ver se eu tinha varrido o pátio e me encontrou borocoxô. Contei do meu medo e ele prometeu que um dia levaria uma chapa nova para a mãe. E que, no céu, ela ganharia uma novinha com dente de ouro.

Vento de valsa

– Acabou Maravilha, sobrou nada.

Chutei a mãe no estômago pra ela olhar para baixo um pouco. Dava tristeza ver o céu de tanto relâmpago, as nuvens se contorciam feito a massa de pão passando pelo cilindro, num pretume que só. O coração da mãe galopava, me deixando afligida. Ou ela corria ou o sinistro matava nós duas.

Ai de mim! Fosse um feto, não teria quicado tanto. Talvez fosse pior. O susto perigava um aborto, daí a mãe morreria de tristeza. Mas eu não iria sentir tanto. Ia resvalar pelo sangue como se nunca tivesse sido concebida. Ou não? Nunca passei por isso, como posso saber? Fato é: a mãe precisava fazer algo, e logo. Não podia ficar ali até o teto desabar na nossa cabeça. No começo achou lindo aquele monte de folhas rolando, o uivo da ventania e a noite engolindo o dia de supetão. A única preocupação dela eram as roupas no varal. Vivi aquilo tudo amarrada à mãe e nem podia espernear aqui dentro. Nascer seria a morte.

Estava acostumada com o escuro, achava bem é gostoso. Aos olhos da mãe era o fim do mundo. Só quando a casa balançou lembrou de mim, deu até conforto. Colocou as mãos na barriga e correu pro banheiro.

Rúdi seguia firme pela BR-282 e, na altura do Tope da Serra, um peixe de três quilos caiu se debatendo no para-brisas. Parou o carro no acostamento, abriu a janela e a rajada lhe roubou os óculos. Encafifou, sem os óculos não teria certeza se o que viu foi um peixe mesmo. O vento lhe fez uma valsa e quanto mais tentava ir ao encontro dos óculos, mais eram os dois rodopiados pelo vendaval. Seu Chevette levantou cinco palmos do asfalto enquanto, naquele bailado todo, Rúdi teve a sorte de se agarrar a um poste de luz. Nem a esposa prestes a parir ganhou tão forte abraço.

Fiquei bem calminha para ver se a mãe se acalmava também. Sentamos no chão do banheiro, a mãe agarrada à pia, o Tobi entre suas pernas numa tremedeira só. Deus me livre nascer naquela hora e assustar ainda mais o cachorro. A mãe, arrependida por não ter ido à Missa de Ramos, balbuciava um entrevero de rezas. Não tinha raminho, nada pra queimar e espantar o sinistro. Em minutos conheci os pecados da mãe, uma confissão à beira da morte. Agora sabia, ela não tinha me desejado e eu nem era filha do pai.

A viração erguia as telhas da casa e a mãe chorava. Senti meu coraçãozinho perder o batimento. Quase que enrolo no cordão. Amava muito a mãe, escolhi viver.

A lufada arrancou a porta do carro, passou dos cento e oitenta, coisa que o Chevette mesmo nunca alcançou. Rúdi viu a traíra morta no banco do motorista, jogou no do passageiro e seguiu para casa.

À frente o caminho parecia um tapete de brilho, sem vento, refletindo o sol que iluminava os peixes na estrada. Lambaris, carpas, cascudos, dourados e muitas traíras; algum pesque e pague na região tinha sido escamoteado pela tromba.

Logo Rúdi seria pai, não podia ficar parado a ver nuvens ou cardumes. Acelerou atropelando os peixes.

Lasqueira! Não sabia quem era o pai, mas esperava herdar a inteligência da mãe. Não fosse ela se abrigar no banheiro, único lugar de alvenaria na casa, teriam voado Tobi, a mãe e eu junto, feito todas as paredes de madeira.

Escutamos o carro do pai buzinar. Ou melhor, do Rúdi. A mãe nem conseguia levantar, soltou Tobi pra avisar que a gente tava a salvo. Rúdi, com um peixe na mão, nos abraçou num choro de piazote. Eu sabia que ele não era mais o pai, mas a mãe amava ele. Isso me enterneceu e quase estouro a bolsa.

Pelos olhos da mãe vi uma laje dura e um monte de tábuas. Não sobrou nada, nem meu bercinho. Todo despedaçado, foi parar onde era o paiol. O Rúdi carregou o peixe até o açude, que não tava lá. Pôs a traíra morta num balde e foi apurar as vacas. Não encontrou a estrebaria. Só um rastro de esterco.

Preocupada se estava tudo bem comigo, ainda assim a mãe foi ajudar o Rúdi procurar a criação. Quem encontrou foi o Tobi, apenas uma vaca malhada dependurada em cima do pé de araticum, feito uma pedra na forquilhinha do bodoque.

Queria que a mãe fosse com o Rúdi arrumar meu bercinho, mas como competir com uma vaca em apuros? Cogitei nascer só para chamar a atenção. Dei umas empurradas, cutuquei todos os órgãos que alcançava na barriga, maltratei a mãe, apoiada na árvore sem fôlego.

Aquele vendaval ceifou Maravilha, tanto que fui nascer no hospital da cidade vizinha, Pinhalzinho. O Rúdi só conseguiu tirar a vaca da forquilha toda besuntada de araticum com a ajuda de cinco homens e uma retroescavadeira da prefeitura.

Eu era um ser.

Dente de astronauta

Tudo começou com um berne. Ficava roçando aquela gosma com o dedão do pé no taco da sala achando que era resto qualquer de comida que o cachorro não comeu, que a mãe ia varrer depois. Até que o rabo do cachorro resvalou nas canelas e o piá viu que não era resto de sagu no chão. De tanto roçar, o verme nem se mexia. A piazada não lava a mão direito, quem dirá os pés. Não bastava chutar o verme ou a mãe sumir com a vassoura. Veio a tarde junto com uma picada de mosquito, foi só coçar e no primeiro fiapo no dente do dia meter a mão na boca. Daí tu viu, né? Se tivesse ido para a roça como os outros não teria essa ideia de dente de astronauta. Isso que dá aprender a ler e se entocá em revistinha.

 A Derenice acha que foi antes, de nascença mesmo. O coitadinho já nasceu com um dentão na frente, e como era coisa inesperada ninguém deu um presentinho para ele. Nasceu cravado no azar. O certo era a Celestina parteira, primeira que viu o dente, dar algo de ouro. Coitada, mal tinha polenta pros filho. Sabida do credo, fingiu uns respingo de placenta nas vista e num corridão passou o neném para o colo mais próximo – o do nonno. O véio economizava nas palha do fumo, quem dirá dar um chocalho de ouro para o neto. Antes fosse uma menina, mais fácil arrumar um brinquinho. E também não podia ser coisa que quebre facilmente – perigava dos outros dente nem crescer. A mãe achou que era um presságio do mal de sete dia e nem tirava o neném do quarto em que pariu. Ela mesma só saía sozinha e se estivesse escuro. Daí os anterior ficavam tudo assustado, né?, porque a mãe andava para casa em Ave Maria e com uma teta sangrando. Não teve jeito. O pai, com medo que o padre não fosse batizar o filho com o dente que crescia a cada mamada – de revesgueio parecia de porco –, no oitavo dia do rebento se tocou de arrancar o problema da criança. A mãe só rezava e balançava a cabeça. Ele fez uma benzedura e jogou o dente em cima do telhado para uma andorinha levar e no tempo certo – como os filho anterior – nascer um dente sadio no menino.

Naquela noite deu um temporal de arrancar araucária e ninguém soube se o berredo da criança era dor do dente extirpado ou medo da chuva.

Dali uns dia, parece que a mãe foi dar a outra teta e lá tava o dentão na boca da criança de novo. Por Deus! E desta vez carunchado de podre. Os outro filho choravam em ver a mãe com uma teta enfaixada, a outra ensanguentada e o terço rodando. O pai, gabado por ser ministro da igreja, pensou batizar em casa mesmo, mas dizem que dá azar os pais ungirem. Esperou o menino mamar, aproveitando que tava molinho de podre, foi bocejar que arrancou o dente com uma pinça. Ficou só a catinga na boca do menino. Enquanto a mãe chorava porque o filho ficaria banguela para vida e nunca arrumaria serviço decente, o pai, certo da reza dele ser mais forte, tascou o dente dentro de um figo e atirou no telhado não sem antes dizer: "Passarinho, passarão, leve este dente podre e traga outro bão".

Não tenho minha certeza, mas foi a Dêre que contou assim. Diz que dali em diante fechou o tempo. Um pretume de assustá a criação e chuva de cair a pinguela dificultando o batismo, adiado todo domingo. A mãe, com as teta embalsamada, secou o leite de tristeza e teve que emprestar para o menino uma tchucha do leite da neta da Odila. Depois teve o tal do sonho cavernoso. Não gosto nem de contar que os pelos do braço ficam só a pele da galinha. Se já é ruim para uma mãe sonhar que o filho tá morto, tu me imagina enxergá que o filho virou jararaca vagando num limbo só porque não ganhou batismo?

No primeiro raio de sol lá se foram os Gandolfi com o auto emprestado dos Tibola até a igreja. Tavam preparando a vela e o certificado do menino quando um tchó da secretaria veio cochichar na orelha do padre: Lauri não pagô o dízimo. O outro me fez um tendel na sacristia: como assim? Ele servia a igreja toda semana, era culto, enterro, casório, quantos batismo na comunidade tinha feito e o padre re-fu-gan-do o batizo do filho do ministro? Mas quem tem um leitão tem tudo, né? Carnearam o único porquinho e o padre, comovido, foi numa terça-feira batizar o menino. Deram o nome de Gentil, para que a vida fosse mais terna que os primeiros dias. Teve bolo e sagu, Dêre e Dário ficaram de padrinho. Bateram até foto do menino para o concurso do calendário da cooperativa, todo enrolado no cobertorzinho, parecia um bicho da seda... Adiantou nada não. Foi escurecer e a Neide esticar o neném no moisesinho, deitar o sono de mãe dela para se enveredar em pesadelo. Diz que abria as vista no sonho e a cama tava no meio de um açude seco, com uns lambari miúdo se debatendo nas poça. Relampejava. A Neide, assustada, corria para socorrer o filho no bercinho e no lugar tava uma jararacona pronta para o bote, sorrindo com o dentão do Gentil na boca. Mas diz que corria, corria e não saía do lugar. Até cansar, parar para tomar água na valeta e sentir o bócio dela crescer feito o da falecida Zita. Foi assim uma semana. A coitada acordava procurando o terço e corria para o espelho pra ver se o papo não tinha crescido.

Foi a Dete que levou ela na bugra benzedeira. Bem que fez. Que santa essa mulher, curou o amarelão de todos aqui em casa. Deu um banho de boldo, colocou umas brasa dentro duma xícara com água, tascou um prato fundo em cima virado para baixo, meteu de ponta-cabeça e depois que a água milagrosamente se recolheu dentro da xícara, mandou a Neide na próxima lua minguante enterrar o dente junto com o imbigo do menino debaixo de um pé de hortência, que a jararacona iria embora.

No outro dia tava a piazada em cima do telhado procurando os dente do Gentil. Levantaram telha por telha, encontraram um saco de bolita velha, ninho de pardal, teia de aranha, mas quem disse que achavam os dente? O Lauri, metido como sempre, teve que subir também, resvalou no limo e quase que me arrebenta a coluna. Bendito Jone, o mais novinho. Fez que fez pra prestarem atenção nele – e não é que tava certo? Com aquela chuvarada toda o piá calculou que os dente só podiam ter rolado do telhado e caído no galinheiro, ainda tava longe de chegar as andorinha. Os filho só concordavam com a cabeça. Era mais fácil levantar telha que olhar um por um o cu das galinha. Sem falar que milho carunchado e dente podre tá assim ó pra confundir. Mas a Neide quando quer vira um sargento, por Deus. Diz que os piá nem foram na escola aquele dia, rolavam no esterco de tanto procurar, e a cada ovo que as galinha punha já era quebrado para ver se por um acaso o dente tava dentro. Entre uma mamada e outra do Gentil, a Neide fazia uma gemada. Fizeram serão na frente do galinheiro e os Tibola emprestaram um rádio para se entreter um pouco. Era a galinha cagá e piá se revezar pra ver quem catucava a bosta. Nisso o pai do Lauri, enfurnado em culpa, chamou o filho e a Neide no canto pra conversa. Prometeu deixar de herança ao Gentil seu dente de ouro, pra quebrar aquele mal passo.

Gentil cresceu e aprendeu direitinho como sorrir sem mostrar os dente. Teve só uma época em que a Neide cutucava o menino pra abrir a boca. Soltava do nada, sem ninguém perguntar, "mostra a janelinha do teu dente de leite, Nenê". Te mete que alguém iria discordar da Neide. A gente sorria para ela, olhava para baixo e voltava no que tava fazendo, feito galinha ciscando. Deu uns quatro sábado seguido na estiagem, era o Gentil erguê a enxada no lombo para desmaiar feito um saco de soja na plantação. Os mais velho, boca aberta, com ciúme achando que o Lauri tava protegendo o mais novo, xingavam o piá de veado e de lambaio, protestando que enquanto eles roçavam um campo de futebol, a mãe abanava os pano na cabeça do Gentil na sombra. Na missa a gente bem que via de longe como ele tava cada dia mais franzino. Ninguém prestava muita atenção, achei que só bicho geográfico andava, mas, por Deus ou as mosca, o bicho foi parar na cabeça. Lauri se tocou de levar no médico e não deu outra, disseram para afastar o piá da roça que no máximo ele poderia ajudar a mãe a arrancar uns inço no jardim, mas longe de se meter em trabalho pesado. Claro que o pior não era o berne, né?, mas ninguém abriu o bico. Só escutei que o Gentil tava previsto morrer antes que os bezerro recém-nascido.

Olha, não fosse aceitarem ele no seminário, acho que a Neide tava com a soga no pescoço pronta pra amarrar nas taipa e chutar a cadeira. Nem pensou duas vezes, matou logo a chocadeira, fritou galeto, fez miúdo com polenta e múrcia, tudo pra comemorar o futuro filho padre. Obediente como sempre, ele via que tava no caminho certo. Já baixava a cabeça, agora só faltava apreender as reza em latim. Os mais velho, tudo borocoxó, aproveitavam da caridade enrustida no Gentil e mandavam ele fazê dum tudo: passa a panela, passa a bacia, passa os galeto.

Nisso o Jone se engasgou com o miúdo e ninguém olhou pra ele. O coitado ficou sacolejando os bracinho pedindo ajuda até que o Gentil levantou a cabeça e de pronto deu um tapa nas costa. Fez as moela da galinha atravessar a mesa e cair no prato do Lauri. Tu acha engraçado, é? Vai rindo... Mas tu nem imagina o que aconteceu. Tava lá dentro da moela, branco como nata, aquele dentão bom do Gentil. O filho se encaminhando pra padre e finalmente ia poder enterrar o dente junto com o imbigo. Pensa numa felicidade, a Neide tava no céu! Catou o albino de foto e lá tava o cordãozinho junto com a lembrança de batismo. Cravou o dente e o imbigo na terra no pátio da casa, embaixo das hortênsia. Pra tu ver, deu uma semana e outra de chuva, todo mundo pinchado em casa vendo as goteira, mas na hora que o sol saiu é de desacreditar no Divino. Era um pé de hortênsia pra cada ovo quebrado. Quem cruzasse a rua só via a cabecinha da Neide faceira na janela no meio daquele violeta todo. Tudo no seu prumo.

De Santo Angelo, Gentil todo metido nos estudo mandava carta pro nonno contando que já tinha batina e descobriu numa revistinha que os astronauta naquele foguetão para a Lua tinham dente de ouro. Essa era a única maneira de tapar bem o buraco dos dente no espaço e que, um dia, ele também ia ter dente de astronauta. Claro, quem lia era o Tibola, né?, quando passava por lá. Tirando o Gentil, quem sabe o Jone um dia, tudo analfabeto. Dum tempo para cá, a Dêre ficou sabendo que um primo do coleguinha do Jone, filho do falecido irmão da Marinês do Beto do mercadinho da Linha Fuzil, tinha ido pescar no Rio das Antas e me deu de cara com as botas do pai do Lauri dum lado e o corpo do véio doutro. Acredite se quiser. Nem dava pena porque o véio morreu e foi enterrado sorrindo. Gentil baixou do Santo Ângelo e fez todo o povo chorar no enterro, parecia um comício de tão cheio. Todo mundo querendo ver o filho padre da Neide. Fiz a mesma pergunta para a Dêre: "Tá, mas e o dente de ouro?" Tentaram tirar a chapa da boca e colar os beiço com Super Bonder, mas ficava demais esquisito. Ia descolando aos pouquinho e perigava, ao invés do povo chorar, rir do defunto. Lauri não ia fazer isso com o pai, nem arrancar o dente de ouro da chapa, porque banguela também ficava feio.

Deu no que deu. Enterraram e a Neide encheu o túmulo do sogro de hortênsia. Cinco anos depois, juntaram a família para finalmente exumar o corpo e dar a herança para o pobre Gentil. Abriram a cova e tava lá, os osso, umas lasca de roupa e a chapa um pouco amarelada, mas inteirinha. Tudo como previsto, só que no lugar do dente de ouro tava o dentão podre. Pelo desmaio da Neide a gente soube que era do Gentil.

Tatu de ametista

"*Tomou então Samuel uma pedra e pôs entre Mispa e Sem, e lhe chamou Ebenézer, e disse: Até aqui nos ajudou o Senhor.*"
– Samuel, I, 7-12, VT

"Coloque mais penas no travesseiro e faça o que te falei, Egídio", disse no penúltimo sonho a avó, de cócoras numa pedra fazendo às vezes de banco, pronta para rolar. Fazia uma conchinha com as mãos para proteger dos tiros os ouvidos dos meninos. Apontava firme a terra, batendo forte os pés numa dança pra lembrar o neto do primeiro povo surrupiado a pisar naquele chão.

"Lá pros cantos de Xapecó, onde certa vez foi São Paulo, compra um terreninho só para ti e deixa o resto pros bugres."

Egídio tinha pressa ao cavoucar. Fazia um mês não comia direito; a pele colada no osso dava sinal da míngua. Tanto faz o que falavam ou esqueciam de dizer sobre ele, ouvia dum tudo: servente da avareza, sem rumo, pescado na ilusão, crente sem Deus e torto de certezas.

Durante um tempo ao final do dia assobiava chamando as galinhas do vizinho para apertar, roçar até que caíssem algumas penas. Quem olhasse de longe o via abraçado, às vezes com o galo, saracoteando, fazendo cafuné até o chão à sua volta ficar emplumado. Um pedaço de varal servia de amarra nas bocas da calça recheadas de penas. Assim, o apagado Egídio voltava para casa numa passada alargada e lenta, orelha baixa para não enroscar em algum comentário maldoso.

No primeiro ano de procura, dava seus pinotes para a família não reclamar da obsessão com o geodo de ametista. A mulher e o filho o viam tal qual o camelo entalado no buraco da agulha tentando entrar no céu. Já Egídio se imaginava montado no camelo passando por Frederico Westphalen, Iraí, subindo o rio Uruguai até Caxambu do Sul, deixando um rastro de ametista até a aldeia Kondá. Com o passar dos meses, a dificuldade de acreditar no abstrato fagulhava em todas as conversas da família. Os poucos momentos juntos eram em volta do fogão a lenha lamentando a escassez, maior a cada lua. Com ou sem tatu, o acordo nupcial perante Deus era na riqueza ou na pobreza.

 A única pessoa que dizia em voz alta "ó Egídio, tu vai achar o tatu" era a avó Etelvina, em sonhos. Pelo vigésimo primeiro dia do terceiro mês do segundo ano da procura, Egídio testemunhou a mulher e o filho arrancarem as cortinas, fazerem uma trouxa de viagem e nem sequer ganhou abraço de despedida. Não se mexeu. Guardou as lágrimas para um dia de festa, quando veria o rosto de todos se voltarem para sua conquista.

 "Tamo esperando até hoje tu passar com tua fortuna, Egídio. Deixa de ser burro, homem; tatu bom é na brasa. Faz que nem o filho do Puhl, larga mão de garimpar brita e vai estudar um pouquinho", ouvia dos mais próximos da família.

"Estudar é coisa de alemão, Egídio. É mais importante ter um pedaço de terra, dinheiro pro enxoval das netas e dormir o sono do trabalhador", soprou em seus pensamentos a voz da matriarca que lhe aparecia de noite vez em quando.

Não gozava de boa saúde. Melhor sair o quanto antes dos limites do conforto que lhe restava, sua cama. E foi andando mesmo. Saiu de casa, virou à direita e andou até o pé fritar. Procurou junto às raízes das árvores, nas lavouras de desconhecidos e encostas de rios algo que lembrasse suas visões.

No primeiro acampamento, fez das raízes expostas de uma grabiúva de cocho um saco de juta para se cobrir e descansou a cabeça no travesseiro de penas, único objeto de casa levado consigo. O tronco era um suave protetor do vento e, o mais importante, livre de julgamentos pelo fracasso de seu dia. Até onde iria por uma visão? Repousou os olhos no céu, invadindo a esfera ocular com um rastro de estrelas. Dormiu sentado e sonhou com o rosto da avó menina, cabelos pretos, longos e lisos entrelaçados, aos prantos nas mãos brutas de um homem.

"Corre, Egídio, não tem tatu nessas terras, volta para casa."

Nem acendeu o fogo para cozinhar o ovo, refeição do dia. Tocou para longe dali e o resto do dia foi arrastado feito a noite. Egídio minguava a cada passo, pedra lascada, cascalho quebrado, na tentativa de reconhecer a ponta do tatu. Março a setembro foram alongados, seguiu pelas encostas das plantações. Se ao deitar cansado era consumido por pesadelos, na manhã seguinte tomava outro rumo. Não insistia em mau agouro, principalmente se os sonhos tinham guerras e porcos escuros.

A impaciência das horas foi aplacada no dia em que sonhou depois de comer dois ovos graúdos. Mal tinha escurecido e veio o cochilo. Apareceu de um lado uma loira, na outra ponta uma morena da mesma baixura. Os rostos brilhavam no reflexo do sol na água. "Quer ouro? – perguntou a loira – Vai ter que subir três estados pra me alcançar." Já a morena, apavorada, foi precisa. "Cuidado com quem desce o rio e não afunda com as pedras." Entre as duas, num corre de levantar poeira, chegaram cinco crianças indígenas com os rostos iguais ao seu. No centro da ciranda atontada, um Egídio velho segurava as calças recheadas de pedrinhas pequenas de citrino e ametista.

Pensou ele: aonde queria chegar a loira? Ao ouro, é claro! A morena, tinha certeza de ser uma ametista daquelas bem escuras e valiosas. E os indiozinhos? Pedrinhas preciosas, a parte que devo levar pro Kondá.

As novidades fantasiadas geraram um entusiasmo impaciente em seus passos. Era sabido que ouro não tinha naquelas bandas, restava confiar na voz da morena. Subiu o Rio da Várzea atento aos sinais e começou a recordar com justeza os detalhes do primeiro sonho. Se via abraçado num tatu de ametista, aproximadamente três metros e oitenta de altura, daqueles que se fendem em duas grutas. Olhou os dedos carcomidos de rastelar o chão e desenhou na terra vermelha um mapa: caminho para a trilha do granito de dezesseis toneladas.

Dito e feito. Tudo ocorria dentro da paisagem onírica até encontrar, numa bodega sem placa, um senhor de um braço só, castigado do sol, jogando cartas sozinho. "Senta, miserável, que te conto como cheguei até aqui e pra onde tô indo."

Egídio tomou assento e escutou intrigado Nicolau relatar sua história. No começo de conversa, o velho abriu a camisa e mostrou no peito uma lasca de ametista cor de jabuticaba madura enlaçada num fiapo de couro. Logo fechou pra ninguém botar as vistas no resquício da sorte que o acompanhava.

Quando a Companhia Sul-Brasil recebeu os colonos imigrantes em Palmitos, antiga Passarinho, os documentos foram entregues e assim se distribuíram os lotes agrícolas. "Deus nos dá a vontade de prosperar, e cada pedra tem um dono prometido e uma pujança própria para chamar seu senhor. Não é à toa que tu veio parar aqui hoje."

As famílias eram separadas por etnia e credo religioso. Nas bordas à direita do Rio Xapecó, assentaram os católicos. Os alemães evangélicos rumaram para leste, na direção de Passarinhos, e sua família teuto-russa, saída em fuga do regime soviético das estepes siberianas, foi estabelecida numa terra de vinte e cinco hectares na comunidade de Riqueza. Paisagem e clima eram diferentes da Sibéria. Os caboclos predominantes na região até meados dos anos trinta conheciam bem a terra, contudo a companhia territorialista não lhes reservou nenhum direito de propriedade. Eram mão de obra fácil, barata e sem muita escolha. Se dispuseram ajudar os recém-chegados a largar os conhecidos arados, pegar na foice, machado e abrir piquetes na mata. Mesmo depois de um ano sem entender o novo tempo, driblando a malária que se espalhava na região, tentaram fortuna por outras bandas.

Ele falava todo santo dia para a mãe: "Morrer pobre só me cabia longe de Riqueza".

Foi daquele jeito precário que aprendeu do pai o ofício de balseiro no Rio Uruguai. Sempre na promessa, rezando a Deus que as cheias viessem no verão quebrar as corredeiras. Cumprido o aguaceiro divino, partiam de Mondaí entre troncos, dez metros ou mais de madeira de lei. Até duzentas toras de canela, louro, pinheiro e cedro amarradas por cipó imbé e arames chapados. Por cinco dias viajavam em cabanas de madeira e folhas improvisadas sobre as balsas; dormir só com um olho aberto e na certeza de que alguém estava com os dois na espreita. Eram tantos os remansos, saltos, enseadas e corredeiras que qualquer ilhota ou redemoinho poderia ser o fim da viagem.

"Por ser novo e bastante ágil, depois de algum tempo como aprendiz de balseiro me tornei o prático da embarcação."

Nas imediações das grandes corredeiras e saltos, se amarrava sozinho nas toras com dois porongos enlaçados em cipó debaixo de cada braço, enquanto os outros desciam da balsa seguindo numa canoa com seus pertences e utensílios de cozinha. Em uma tarde de muita chuva na descida do Salto Yucuma, a embarcação despencou na corredeira, romperam os cipós amarrados na pressa da partida e as toras se soltaram, desmanchando a balsa. Seu corpo mergulhou vinte metros e, quando com seus porongos emergiu do naufrágio Nicolau agarrou a primeira tora. Tomou conhecimento da vida com a cara na lama, cutucado por uma vara na encosta do rio. Deu-se um milagre. Com o braço quebrado do impacto, foi acolhido pelos caboclos ribeirinhos que aproveitavam as toras e pranchas de madeira chegadas nas encostas para construir suas casas.

Naquela noite sonhou com a lua cheia clareando o caminho por um piquete aberto, seguiu afoito até encontrar uma pedra esverdeada aos pés de um cedro com as raízes expostas. Houve épocas em que nem dormia, quem dera sonhar. A aurora mostrou a direção; essas sensações que se tem quando aparece a sorte.

– E o braço, onde foi parar?

– No moedor de cana, mais isso é outra história...

As mãos de Egídio não soltavam o travesseiro. A cabeça precisava de terra fresca, esfriar e refletir. Seguiria sua busca sozinho ou com o velho Nicolau? Naquela noite apareceu a avó, moça em seus vinte e tantos anos, agarrada num balaio, vomitando o purgativo enquanto paria o décimo terceiro filho, seu pai. "Morri mesmo quando engravidei do primeiro; depois do teu pai, Egídio, a liberdade." À beira de uma grande pedra, sentava ele olhando a cabeça da criança entalada entre as pernas. No céu, uma única estrela por testemunha saudava a morte fazendo seu serviço. Bateu palmas para ver se acordava ou mudava de sonho, mas lá se via tão entalado quanto a cabeça.

Mal se recompôs do pesadelo, Nicolau o chamou pra comer batatas antes dos primeiros raios de sol. Meteu seu travesseiro no saco de juta, abriu a cortina entre o quarto e a miúda cozinha. Seus olhos saltaram feito dois brilhantes. Ao lado do velho afiando seu facão, um geodo de ametista de meia tonelada. Se Egídio pairava na dúvida de acompanhar ou não, esta evaporou-se junto ao orvalho na plantação de milho. Contou de cara a promessa feita em sonho pra avó. Nicolau escutou tudo enquanto alisava a barba com o toco de ametista, precisava de outro braço pra cavar. Era justo dividir a metade caso emprestasse os dois, e se Egídio quisesse jogar sua parte abaixo Salto Yucuma, era dele o direito.

Cansados, seguiam mudos até chegarem numa estrada conhecida por Egídio. O entroncamento levava em direção a sua própria casa. Dois anos atrás, se tivesse ido pro lado esquerdo ao invés do direito, teria reconhecido entre as margens verdes as raízes expostas de um pé de canela serpenteando o coração chamuscado da pedra.

Se entreolharam, Nicolau disse: "Você cava". A terra estava revirada a aproximadamente quarenta e cinco centímetros da rocha. Seja lá quem esteve ali, com certeza saiu para buscar ajuda. Os braços de Egídio dispararam no movimento incessante da pá, enquanto Nicolau se dava ao luxo de indicar com o facão por onde o outro deveria abrir. Os aspectos mais profundos do desejo, da prova da vitória, fizeram Egídio continuar noite adentro, enquanto o velho de vez em quando lhe passava uma batata assada com a ponta do facão.

Veio o sono e Egídio desmaiou na terra, cotovelo apoiado na raiz, orelha no ombro e nenhum sonho, só o apagão do cansaço. Ouviu o som da pá de encontro ao chão e viu um homem magro, ruivo e nervoso blasfemando ao cutucar a terra. Quem tinha começado o buraco voltou e o velho Nicolau seguia conduzindo a obra com o facão. Acima espalhava-se um tintinar de ametista num ritmo de chuva tocando o solo. "Até aqui nos ajudou o Senhor", disse o velho, enquanto Egídio descobria o inimigo no rolar do tatu de ametista esmagando o seu corpo.

"Que Deus lhe dê o devido descanso", rezou o outro homem enquanto ajudava o velho Nicolau. Com a pá de Egídio, cavaram uma cova rasa e para sua última viagem botaram primeiro o travesseiro de penas, depois apoiaram seu corpo, deixando no peito uma lasca de uns três quilos de ametista pra comprar um terreno no céu.

Fuga do Egito

Pela luz da lanterna que se embrenha através das frinchas da janela, é fácil identificar no serão da noite Nereide dormindo feito o Menino Deus na manjedoura.
 – Se não fosse o tamanho, ia dizer que era um cachorrinho.
 – Será que ela lembra da missa?
 – Da missa não sei, mas que lembra do padre tchuco, isso ela lembra. Não queria nem me devolver, disse que ia manter o presépio mais um mês pros que não viram. Que tinha uns piá doente ali internado em Tigrinhos querendo tirar foto na manjedoura como promessa da cura. Depois me soltou um balão diferente, uma história do Egito.
 O certo era desarmar no seis de janeiro, Dia de Reis. Esse era o acordo do pároco anterior com seu Laudir. Todo ano a família Riboldi emprestava dois bezerrinhos, uma vaca e uns cestos de milho para a decoração do presépio da igreja. Era o segundo ano consecutivo que a vaquinha Nereide entrava no combo natalino. Ficava ao encargo do padre Egon cuidar dos animais no final do dia. Altivo, ele rezava o terço com o grupo dos idosos da Linha Iracema, tocava o sino, servia o pasto e limpava a bosta dos bichos. Padre Egon tinha chegado

à paróquia de Riqueza três anos antes, transferido de Aparecida, São Paulo. Desde então lotava os cultos com seus cantos carismáticos.

É sabido que o padre veio com outros costumes. Para ele, o certo era retirar os reis de cima de suas alimárias no seis de janeiro e ajoelhar a reizada de frente para o Deus Menino. Feito isso, no dois de fevereiro, Dia da Purificação, a comunidade, unida na graça da Virgem Santa, desarmaria o presépio para colocar no lugar a fuga para o Egito.

– Reza dançando e ainda tira a gente para burro. Desde quando a Sagrada Família fugiu no lombo de uma vaca?

– Como assim, Laudir?

– O padre já me fez deixar os bichos outro mês na estrebaria luz dele. Agora ainda me finca a ideia que seria lindo ter a Nereide na fuga do Egito. Acha que não sei, Maria fugiu num burrinho.

Deve ser influência dos protestante de Frederico Westphalen.

Nereide é malhada e atípica, com seis tetas. A vaquinha de ouro da família Riboldi, xodó dos netinhos do seu Laudir, mansinha como um novilho, ruminava o triplo. Come em um mês o que uma vaca normal consome em um dia. A primeira vez em que a estimada deu leite foram 30 litros no primeiro esguicho, uma maravilha.

A casa canônica ficava de costas para um renque de araucárias. Padre Egon foi visto diversas vezes passeando ela atrás da casa tal qual fazia com os outros bichos, porém Nereide sempre ganhava umas espichadas na volta. Sempre que seu Laudir vinha buscar, o padre arrumava uma desculpa – enterro, batismo ou outro compromisso na cidade – para não devolver a vaca.

Laudir não queria mais emprestar os bichos, mas tinha medo do ditado. Dizia assim a crença: quem arma o presépio um ano, tem de armar sete seguidos, ou sobrevém uma desgraça na família. Tinha até pensado em trocar a montagem deste ano por um tambor de leite, presente para o vigário. Mas era um homem de fé e palavra. Trato é trato.

Naquela noite, através das fendas na janela do quarto do padre, seu Laudir e o filho viram Nereide e Egon dormindo juntinhos. A luz foi de encontro às vistas do padre. Assustado, pulou da cama pisando no rabo da vaca. Ruminando e sonolenta, Nereide mugiu escorrendo leite de suas tetas.

Kid Bodoque

Após lamber os dedos lambuzados de banha, cavoucou a terra e depositou com cuidado as ossadas e penas dos cinco passarinhos que o irmão matou. Com dois gravetos e um elástico, fez uma pequena cruz e a colocou em cima do montinho. Cantou *"Mãezinha do céu, eu não sei rezar"* e tornou à casa.

Dalida era a filha caçula depois do macho que a adiantava. Sua família sofria um redemoinho de queixumes por uma sequência de lutos. Primeiro foi a vó Izabel. Tamanho encanto, seu avô Egon casou-se com Izabel porque sua pele amarelada lembrava cor de patrola nova. Dessa união vieram os filhos: Massey Alberto Kroitz, Fergunson Arlindo Kroitz e John Deere Kroitz.

Egon não falava com ninguém além do papagaio, uma espécie de relicário da memória dos avós de Dalida. O repertório da ave não se bastava em repetir piadas e reuniões de velhas rezando o terço, se estendia também ao fascínio de Egon pelas máquinas agrícolas. Passava alguém e ele cantava: "Paiêê, leva o Rico andar de retzzzzzzcavadeira".

O destino era uma faca estimada que, de tanto afiar, rompeu a cinta rasgando seu bolso. O filho do meio, Ferguson – do meio porque nasceu treze minutos e trinta segundos depois do irmão gêmeo, Massey –, após trançar as últimas cordas de fumo no escuro, desceu do paiol sem lanterna. Assobiando "Tristeza do Jeca", cambaleou pela capoeira no atalho de casa. Olhou a lua minguando no céu, deu três goles espaçados de cachaça e, ao voltar a cabeça para a frente, era tarde demais: acertou em cheio um ninho de marimbondos. O zunido foi cruel, mais de cem ferroadas daquele mel pungente. Correu sem rumo pelo milharal anestesiado pela dor, tropeçou nele mesmo e caiu barranco abaixo na Estrada das Viúvas.

No que o corpo fervendo sangue flutuava num tombo eterno, um trator virou a curva conduzido em potência máxima. Uma trovoada não anunciada por raio, os dois se encontraram: rodado com canela, para-choque com pescoço. O velho saltou do vermelhão entre a terra que baixava e avistou um corpo empoeirado sem cabeça. Se arrastou com cuidado por trás das rodas traseiras, puxando o cocuruto pelos cabelos. Já assistiram à pressa virar remorso? O pai, o filho e a dor que se estendia ali, feito o milharal no meio.

Egon tirou do chaveiro a imagem de São Cristóvão e atirou longe a chave do MF297. Partiam os marimbondos, avistavam os urubus. Nos ombros colocou os setenta quilos do filho com o zelo e carinho de um recém-nascido. A mão direita cerrou os olhos da cabeça e entrelaçou seus dedos no cabelo. Caminhou até sua casa os três quilômetros mais penosos de sua existência. O pai carregava de um lado o corpo, do outro a cabeça, ponto final da história do filho.

Dalida não queria saber de bonecas nem das aulas de crochê das tias. Subia no pé de manga e lá ficava de atalaia esperando o inimigo que nunca chegava. A mãe tinha que colocar uma escada para recuperar a menina, que trepava na árvore e acomodava na curva do tronco, esquecendo da vida. Certa manhã acordou mais cedo que de costume, colheu uma cabeça de repolho na horta de casa e a carregou, equilibrando sobre seus cadernos, até a escola.

As crianças de sua classe estavam alvoroçadas com as cenouras e cestinhas de papel em cima das carteiras à espera da ilustre visita, o coelho da Páscoa. Dalida, a única com repolho, tinha um plano: ser notada facilmente – "tanta cenoura deve dar amarelão, taca logo um repolho pra atochar esse coelho velho". Pediu licença, foi ao banheiro e na volta à classe viu um Corcel verde-abacate estacionado em frente ao portão da escola. Para seu espanto saiu um sujeito lânguido, fumando e coçando o saco. O coelho. Correu para a sala de aula e, beirando dúvida no olhar, perguntou para a professora:

– Profe Bernardete, me diz uma coisa, Coelho da Páscoa fuma?

– É claro que não, minha querida – respondeu a professora, mandando todos levantarem de pronto porque o coelho dava sinal de suas orelhas branquinhas. Dalida abraçou seu repolho, se abaixou engatinhando por entre as pernas do coelho e voltou para casa. Teria que esperar alguns anos para conseguir o que desejava.

A mãe entrou no casamento com máquina de costura e uma vaca leiteira. De tempos em tempos a casa cheirava puína enquanto ela preparava algumas peças de queijo. Inconsciente, concorria com as pernas de salame que o sogro confeccionava. Ele ficava sentado de guarda no porão, embaixo do varal, segurando uma espingarda para espantar os cachorros atrevidos até maturar a carne. Dalida queria mesmo é saber dos dias em que a mãe fazia pão. Amassava um pequenino e colocava para assar no cantinho da fornada ao lado dos imponentes da mãe. No dia seguinte levava para a escola toda orgulhosa, como se fosse ela mesmo a merendeira. A rotina era quebrada quando o pai voltava da roça carregando um facão e uma forquilha. Chupando duas balas de funcho, uma de cada lado da bochecha, alisava a forquilha com o canivete enquanto o velho Egon blasfemava com o papagaio, que repetia: "Porca pipa, porca pipa!"

A piazada juntava num barulho que não se entendia. Organizaram uma fila do mais novo ao mais velho. O pai vinha maltratando a grama; pisava forte, espantando a cachorrada. Chegou com a boca esgarçada, o sol refletido no brilho de seus dentes de ouro. Uma mão na cintura, outro braço esticado para cima. Soltou um foguete e a festa começou.

Foi a colheita de pinhão mais esquisita de que já se soube. Um por vez, cada qual com seu bodoque e sua técnica, uma chance somente. Júri composto pelo pároco, o vereador mais votado e o leiteiro. Vibravam quando alguém acertava as pinhas mais ao alto. No instante em que o senhor Massey lançou o segundo foguete, teria sido melhor ter se escondido em algum lugar seguro. Pedra e pinha voando pra todo lado pela força do tiro, tripa de mico arrebentada, joelho esfolado, moleque reclamando e pardal perdendo o ninho. A camiseta virava saco lotado de pinhão e as araucárias eram só galhos espinhentos, secos. O júri cochichava sobre o vencedor entre si, e o senhor Massey vinha com o veredicto do tiro mais bonito. O prêmio: bodoque Rei do Ano e um passeio de ceifadeira.

Entristecida, Dalida assistia a tudo de longe. Seu pai dizia que bodoque não era coisa de menina, ela deveria aprender a escrever poesias e pintar bolachas.

No reinado de seu cotidiano lhe faltava a espada. Não tinha nascido para enfrentar guerras e ter cicatrizes somente das agulhadas de crochê. Detestava ser julgada por aquilo que não carregava no meio das pernas. Lembrou certa vez de a mãe comentar com sua tia Dete que um homem se conquista pelo estômago: imaginava ela fazendo cafuné na barriga do pai enquanto ele ria. Nisso piscou, acordando da recordação, calçou as chinelas, pegou um saquinho escondido atrás do São José e foi até a venda. Manhã seguinte, na saída da escola, esperou sem tomar encosto Dudu Formigueiro, colega de classe do seu irmão Décio.

Dudu era um menino inquieto, o mais sardento de todo o Oeste Catarinense. Tamanha sua compulsão por doces, o chamavam de Formigueiro. A mãe já tentara de um tudo: benzedeira, exorcista, fita crepe, simpatia, adoçante, novena e castigo. Nada adiantou. Era pipoca com melado, sagu de groselha, rapadura de cenoura, compota de butiá. Mas nada o atiçava mais que chocolate. Não adiantava esconder na gaveta de calcinhas, no alçapão, no teto ou atrás dos potes de conserva; sempre encontrava.

Foi Dudu Formigueiro chegar, Dalida lhe passou uma rasteira, puxou o menino para atrás do muro segurando pelo ombro e lançou aquele olhar entreaberto, ensaiado várias vezes no espelho.

– Tu sabe. Tenho o que tu gosta e tu tem o que eu quero – disse, o chamando para si. Dudu alimentava duplos pensamentos e foi baixando as calças quando, desconcertada, ela deu um pulo, sacando da mochila uma caixa de bombons.

– Tem mais de onde veio esta. Se tu quer banhar os beiços no doce, me encontra no fundo da igreja depois da catequese. Ah, não esquece o bodoque 78 que meu pai deu pro teu.

Após uma hora e meia de pregação sobre Davi e o gigante Golias, seis côvados e um palmo, ela, que detestava ser confundida com a Dalila do Sansão, contou cinquenta e três passos pelo caminho até os fundos da igreja. Lá esperava, com um canivete abrindo abacate, o buliçoso Formigueiro.

– Dalidinha tá sozinha?

– Claro que não, seu bocó! Este é Darião e aquele o Tirso Retroescavadeira – disse apontando para o nada.

– Te mete, Dalidinha! O 78 não é algo que eu possa te dar assim.

O bodoque do ano de 1978 era uma lenda. Feito com galho em "Y" da jabuticabeira pertencente ao quintal do senhor engenheiro da Companhia Territorial Sul-Brasil, Romar Leal Filho. A arvorezinha sobreviveu a tudo, a todo tipo de raio, vendaval e granizo. Com o 78, Ferguson, na época peão das terras, matou gambá, cobra, teiú, gavião e raposas, salvando o aviário. Porém, após a sua morte, Massey foi obrigado a rifar o trator de seu velho e alguns pertences do irmão para custear as despesas do enterro. Para alguns a morte traz fortuna. Claudinei, pai de Dudu, foi sorteado com o bodoque e as honras do defunto; era dono da única funerária.

Dalida afastou os cabelos do rosto e seguiu até a janela da sacristia. Afrontou Dudu sem piedade, foi pegando impulso quando o menino protestou.

– Por que tão alto, Dalidinha?

– Pra voar um bofetão em ti, seu piá – respondeu vertiginosa.

Dudu cuspiu no caroço do abacate e arremessou a pelota na testa de Dalida, que caiu feito fruto maduro a cinco palmos de Formigueiro. Ela ignorou a dor, se ergueu do chão e foi em direção ao capim-elefante, arrancando do meio das folhas cortantes sua mochila escondida. Doçura se transformou em tortura. E o fez. Sacou da mochila duas barras de quinhentos gramas de chocolate cada e sentou em cima. Como não bastasse, puxou outra caixa de bombons, desta vez rompendo o silêncio com mordidas e ruídos de deleite.

Dudu, aturdido, chiou como uma panela de pressão. Suas mãos suavam e os pés balançavam aflitos. A mandíbula ficou solta e a saliva lhe escorreu dos lábios.

Dalida, lambuzada com o chocolate derretido, descrevia as sensações que o doce lhe causava em cada cantinho da boca. Ria do comichão nervoso de Formigueiro, ela nunca tinha presenciado um menino de treze anos se angustiar por blocos de açúcar. Foram exatos vinte e um minutos de suplício até que Dudu, vencido, tirou o bodoque do elástico da bermuda e o entregou como um braço amputado.

No dia seguinte, depois de ter comido tudo, um Formigueiro já arrependido implorava o bodoque de volta. Dalida soltava os ombros, fingindo desconhecer o assunto.

Abriu a costura do travesseiro, escondendo no meio das penas de galinha sua nova relíquia. Não reclamava mais de passar as tardes sozinha, eram todos sair e a casa se tornava uma fortaleza. Pomba, colmeia, lata velha, cacto, roseira, tudo virava alvo.

Apoiada na janela, catou uma pedrinha no bolso e esticou o braço esquerdo, trazendo ao encontro do queixo a tira de couro. Mirou no bebedouro do beija-flor, traçando a linha antes do tiro. Encheu o peito e expirou, lançando a pedra. No que soltou o ar, o pote tinha quebrado na cabeça do peão.

Ele levantou a aba do chapéu e tragou o cigarro. Tuco tinha chegado à fazenda na noite anterior com uma oferta irrecusável e uma mala de couro sintético azul com duas fivelas. Sem documento e alguma simpatia, conquistou o novo patrão. Foram três versos de conversa e um aperto de mão demorado. Logo lhe foi mostrado o caminho do paiol, onde descansou nu e tonto de cansaço. Naquela noite, mais uma vez sonhou com Santa Fé.

Dalida se escondeu do estranho embaixo da cama. Quando teve coragem de voltar a olhar, ele não estava mais ali. Confusa e sedenta, foi até a geladeira buscar um copo de leite. Fechou a porta, lá estava ele. O peão levou os dedos à aba do chapéu, baixando a cabeça em reverência. Envergonhada, Dalida ofereceu seu copo de leite. Bebeu sem tirar os olhos dela, entortou os lábios e agradeceu. Um pouco mais confiante, ela perguntou seu nome.

– Gosto tanto de mi nombre que lo esqueci. Podes me chamar de Tuco, pero después de saber o teu.

Com a voz contida, ela disse também não gostar do seu. O pai tinha ganhado um disco daquela cantora francesa de cabelos loiros, do primo que visitou o salão de agricultura em Paris. Não entendia nada o que a moça dizia, sabia o refrão de uma música que cantarolava pelos pastos: "Parole, parole, parole".

– Pode me chamar de Kid Bodoque.

Tuco juntou dinheiro a vida toda para sair da Argentina e viver em Santa Fé, mas só deu para chegar ao Chinelo Queimado. Tinha medo de nada, fazia de tudo e qualquer tipo de serviço, trabalho chato, pesado e quando via que não daria conta, apelava para a intervenção do Gauchito Gil. Assim o fez na sua chegada.

O senhor Massey ofereceu estadia, arroz, feijão, pão, salame, queijo e salário em troca de duas coisas: cortar o pasto e subjugar Xerife, o cavalo quarto de milha que, ao contrário da aparência serena, virava o demônio, um dragão por dentro, altivo e indomável. O pasto a foice era brincadeira, o cesto preenchido carregado até os cochos sob os olhares de Kid, que vigiava a pedido do pai. Tuco fazia alguns meses não montava um cavalo; caso falhasse perderia meio caminho e parte da sua dignidade.

Passando semanas a curtos movimentos, chegando de lado, calou a respiração e seguiu de mansinho ao encontro de Xerife, que dava pinotes e marradas, um alazão tostado à sua espera. A sós com o beiçudo, tentou passar a mão na pelagem, na crina. Quando agachou para o arreio, levou um coice e assistiu ao alazão disparar longe. "Oh, Gauchito Gil, te pido humildemente se cumpla por intermedio ante Dios el milagre que te pido..."

O pampanero comia somente quando Kid trazia as refeições. Restou na doma por cinco dias e cinco noites atento a um sinal do cavalo. Até que amanheceu com Xerife ao seu lado balançando a cabeça para baixo. Face com fronte, nariz com focinho, casco com espora, juntos um sorriso altaneiro e um relincho atrevido, ali selaram uma amizade.

Era chegada a hora de galopar o cavalo herdado da avó. Dalida crescia com os bons ventos. Retornava da escola, encilhava Xerife, entregue ao instante fugia da realidade com o bodoque de mil tiros e seu cavalo alado, chapinhando nas sangas, trotando nos pastos. À noite, quando a casa dormia, pulava a janela do quarto e se refugiava no paiol junto a Tuco, que a deliciava com histórias sobre a vida que teria quando chegasse a Santa Fé.

Em uma tarde na qual o vento frio arrancava as urtigas e dançava no abismo, Kid Bodoque saiu antes do sinal bater na escola. Tinha um espinho cutucando sua alma e o ar carregado. Logo a bruma mostraria.

Não encontrou seu arreio nem Xerife na cavalariça. Chamou pela mãe e o pai; na casa, o silêncio. Foi até os fundos, dispôs a correia da bicicleta do irmão na coroa e seguiu até o rio. Recordou a sensação de vestir a agonia dos outros, mas agora não era furtada: ânsia dela. Ao longe viu o vulto de um animal grande pelo chão. Engoliu muco e lágrima, acelerou o pedal até amortecer as pernas, se jogando nas costas de Tuco.

Apoiado em seus joelhos, a aba do chapéu baixa, ele pensava: até na aflição a vida foi boa, porque certamente não era dele o corpo que caiu. Kid desenrolou as amarras do choro, saltou no corpo estendido de Xerife e sentiu o sangue abochornado que jorrava da perna e do jarrete. Beijou o chinfro, puxou as rédeas, fez força para erguê-lo, mas na face cheia e musculosa se entregavam os olhos do cavalo, que não saía do lugar. Tuco não demorou a se levantar. Abraçando Kid, estreitou-a com seu corpo, até ela cessar de tremer. Sacou um 38 da cintura, enlaçou as mãos da menina às dele e juntos apontaram para a fronte do bicho. Suando colocou o dedo delicado dela no gatilho e contou até três.

Fez-se um longo túnel de silêncio.

Ela soltou o gatilho após o tiro certeiro feito suas bodocadas e com um gesto de repugnância se afastou. O céu promoveu sua chuva. Kid esfregou os olhos inchados na tentativa de remover seu pensamento turvo, buscando entender o que fez. Ouviu um relincho chocho e o balançar das esporas. Queria gritar, mas ao invés disso vomitou bílis até cair e não sentir mais nada.

O pampanero há tempos não tinha um sonho quieto e sossegado pelos campos de Santa Fé. Não se sentia mais útil ali. Abriu sua mala, contou o dinheiro e dividiu nos bolsos. Dois anos antes, foi numa noite que chegou acompanhado das estrelas; esperou a primeira aparecer no céu para partir.

Dalida vivia a rotina dos meses. Como de costume, após as tarefas do lar e da escola, seguia rumo à cocheira para ajudar os rapazes. Havia construído um muro de pedra ao seu redor, e a presença de Tuco não a consternava mais. Quando se tiram os pontos é que se vê o corte profundo. Caiu atônita num ressentimento sem palavras quando pegou a carta em cima da mala. Abriu porque lhe pertencia, tinha seu nome cravado ali.

"Querida Dalida, creo que tu nunca sonãste conmigo. Hasta el ciego mira tu belleza, hace cantar los pardalitos. Pido perdon por no saber usar las palavras naquela hora triste. Mi Kid Bodoque, na verdad, só Dios tene el derecho de apretar el gatilho, mas El nos dió la liberdad para sanar algunas dolores. Si un dia extranãr me, seré em Santa Fé. Te pido por favor, lee el outro papelito." – Tuco

A Prece do Cavalo
... E, finalmente, quando a minha utilidade acabar, não me deixes morrer de frio ou à míngua nem me vendas para alguém cruel para ser lentamente torturado ou morrer de fome.
Mas, bondosamente, meu amo, sacrifica-me tu mesmo e teu Deus te recompensará para sempre. Não me julgues irreverente se te peço isto, em nome daquele que também nasceu num estábulo.

Viveu os anos seguintes remoendo o amor em segredo, fingia para si nunca ter lido aquelas palavras. Por um tempo o papagaio era o único que lembrava do peão na casa, falava: "Tuco, Tuco, Tuco" quando ela passava. No dia seguinte ao enterro do avô Egon, encontraram a ave dura na gaiola, atingida por uma pedra. A mãe tentou aprender a fazer salame e não teve êxito. Triste, sem sentido porque não tinha ninguém mais com quem se comparar, resolveu sair de casa. O pai arrendou o sítio, adiantou para a filha sua parte na herança e deixou o caminho aberto para qual fosse sua escolha, desde que não voltasse a pedir dinheiro.

Enquanto Tuco, galopando em seu andaluz em Santa Fé, na província de Granada, Espanha, mal se lembra dela, Kid Bodoque, 24 anos, desfaz a mesma mala azul pronta para uma nova vida em Santa Fé, Novo México.

Coreofobia

O mais importante ao contar uma história é nunca atropelar os fatos. Eu poderia resumir em uma palavra: estrondo. Mas só quem sobe o morro sabe que o ápice não é sentar a bunda no cume.

– Detêêêêê! Nena! Tô meio anuviada, que dia é hoje? Será que tô com zaimer?

– Que Alzheimer, mãe. Para de besteirol. Hoje é sábado. Já é sábado outra vez.

– Acho que não lavamo o telhado desde o Natal. Tu me ajuda ali com o esguicho e nós em duas acaba rapidinho.

– Manhê, deixa o esguicho do Divino lavar o telhado. Lavamos faz nem quinze dias, nem chegou a estiagem. Vai se estropiar outra vez mexendo nas telhas? Além do mais, hoje não posso.

– Lavamo, é? Mas capaz, nem ponto levei aquela vez. Que vergonha, os vizinho passando na frente de casa e meu telhado com musguinho. Que falta faz o Vito querido, Deus o tenha. Sempre disposto ajudar a mãin.

O telhado do vizinho é sempre mais limpo. Acrescento aqui uma informação: nonna Belmira tem um histórico na família de Alzheimer, nódulo no seio, labirintite, artrite, hemorroidas, diabetes, osteoporose; agora nada assustava mais do que esquecer a ordem das coisas e principalmente das pessoas de quem desgostava.

– Deus tá vendo a senhora no segundo pezinho. Dá azar comer os pés de galinha todo, dizem que a pessoa fica bisbilhoteira.

Claudete olhou a mãe sentada a ponta da mesa toda lambuzada e pensou: seria bom um emprego novo, evaporar pra longe, talvez o Paraguai, ser a filha que visita no Natal.

Nisso, o pezinho ganhou asas, escapou da mão engordurada da mãe, num voo ralando na bochecha esquerda da filha.

– Te mete, Dete! Já se viu! Azar é ter filho encostado, isso sim. Vê se abotoa salteado tuas blusa, quem sabe tu segura a língua na boca.

– Tá certo, manhê. Agora crendice só serve se vem da senhora, né?

Levantou, limpou a gordura do rosto com a barra da saia e tirou a louça da mesa sem nem olhar de canto para a mãe. Sabia que só de fitar cutucava a matriarca; era o gatilho para um universo de conversas e lamúrias sem fim.

Nonna Belmira ergueu-se e recolheu o pezinho de galinha carcomido do chão da cozinha. Olhou para a filha e balbuciou, querendo pronunciar algo, mas tinha se esquecido. Fez o caminho de volta à mesa. Sabia que se uma pessoa esquece um fato, tem de voltar ao lugar no qual pensou nele, pois logo lembrará. Quando se sentou na cadeira, já esquecera por que havia voltado para a mesa, mas não ficou mal com isso. Desta vez esqueceu o que estava esquecendo.

Que formosas eram as curvas do pano drapeado no quadril. Claudete, radiante, havia costurado e bordado todinho à mão seu conjunto de carnaval. Deu uma sambadinha frouxa na frente do espelho enquanto escovava o cabelo encrespado naquela tarde. Olhou para as sapatilhas e viu suas madeixas enleadas no chão. Ressabiada, parou de dançar na hora, era presságio de que sua vida estava suspensa no tempo.

– Dete, Nena, vem cá um pouquinho!

Foi escutar o agudo na voz da mãe para largar a escova e correr. Disparou no sentido contrário de nonna Belmira, enquanto ela, impávida, segurava uma bacia de bolacha no degrau da porta de casa.

– Crendiospadre, vai onde parecendo um merengue de bolo?

– Olha o zaimer, manhê! Te falei que hoje tem baile de carnaval no Tope da Serra.

– E vai assim com um rasgo na bunda? Tá fantasiada de pedinte?

O baile era na Pedra Branca. Claudete correu para consertar o rasgo da saia e não perder a carona. Pegou a malinha de costura embaixo da cama, passou a linha na agulha, se contorceu caçando a fenda do traje e remendou de pé mesmo, pronta para sair.

– Tu vai no entrudo e eu no enterro! Crêndios, não sabe que dá mau agouro costurar roupa no corpo, Dete? Só se costura mortalha em defunto.

Para acalmar a mãe, tirou a saia e deu para ela terminar de costurar. Nonna Belmira fincou no tecido a agulha, que se partiu ao meio. O tintilar discreto do metal no chão fez sua alma sussurrar em aviso: *Agulha quebrada enquanto costura, morte cercando.*

Tão rápido apanhou a saia, devolveu. Jogou de volta para a filha balançando os dedos, num sinal para vestir rápido que mais parecia um ataque de espasmos. Esqueceu. Com a cabeça no baile, nem percebeu a atitude da mãe e se despediu com um beijo estalado na orelha da nonna, como fazia antes de ir para a escola quando era criança.

Lembrete: se porventura uma pessoa esquece de algo, deve voltar ao lugar da última memória que logo se lembrará do que esqueceu. Nonna Belmira catou a bacia de bolacha e foi até o primeiro degrau da escada. Permaneceu um tempo imóvel, fechou os olhos e gritou:

– Detêêê! Detêêêêêê, vem cá um pouquinho.

Nada. Não lembrou absolutamente nada do que pensou ter esquecido. Foi para a cozinha, sentou-se sobre a caixa de lenha e comeu bolacha pintada. Nisso, viu um pontinho prata brilhar no quarto da filha. Era uma lantejoula caída do bustiê. Então lembrou que estavam na quaresma. Claudete certa vez disse faceira que sambaria até com o Diabo – e, como previu a agulha quebrada, alguém se acercava.

"Tá ruim de divertimento, hein? Os defuntos são só a cacaria", disse Claudete rindo da trupe de amigos que confundiram carnaval com Halloween, imobilizados em seus trajes de zumbis e capetas, à espera do álcool surtir algum efeito.

O carnalejo não se diferencia muito do baile convencional, fora o pandeiro mal sincronizado das músicas sertanejas. A grande atração era a banda fantasiada de vespeiro, enquanto os presentes davam voltas e voltas pelo salão numa chuva incessante de papelzinho picado e confete colorido.

Ela ia saltando de braço em braço gravitando no salão. Sacode pra cá, sacode pra lá quando esbarrou numa fantasia estrambólica, mistura de fantasma com botija. Outra volta, a banda seguia o baile enquanto ao longe assistiu à botija-fantasma ser pisoteada no meio da coreografia "Deixa o meu tabaco". Mais uma volta, reconheceu aquele bordado na barra do vestidinho e os olhos apavorados da nonna Belmira atrás dos furos feitos da capa da botija.

Sua mãe, abalada, tentava fugir da coreografia. Quanto mais alguém fazia algum passinho ao seu lado, mais ela se apavorava. Não suportava o rebolado das meninas até o chão, os braços frenéticos para cima. Tadinha, ela sofria de coreofobia.

Súbito uma luz cintilante fez foco em Claudete, bebinha, enroscada no pescoço do filho do Tibola, fantasiado de capeta. Belmira, aturdida ao ver a filha beijando o Demo, aproveitou que esquecia das coisas e esqueceu da hérnia de disco. Saltou a janela, fazendo um estrondo ao cair sobre as mesas lá fora.

Os foliões davam voltas e voltas. A nonna, choramingando, se apoiou numa ripa, arrancou pela cabeça o vestidinho e o dobrou. Como faria para lavar o telhado? Como faria pra voltar à casa com a perna estropiada? Talvez fosse melhor fazer como uma botija. Rolando.

O ano, não sei muito bem ao certo. Usavam calça xadrez comprida, e tudo aquilo que era popular e simples ainda hoje me parece elegante e sofisticado em fotos. Não era só a nonna

Belmira que sabia do causo. Outros munícipes da comunidade do Burro Morto compartilhavam a mesma lembrança. Não sei quem contou primeiro, mas a coisa foi se espalhando feito pinhão na serra; cada um aumentava um tiquinho, tomando um bocado das dores para si. Uma coisa era fato: não se pode dar uns pinotes em festa em tempos de quaresma.

Claudete era formada no curso de prendas da paróquia Nossa Senhora do Caravaggio, em Flor de Sertão. Dessa temporã da família Vitto era esperado um bom casamento na cidade, faculdade de agronomia ou um enlace rural em troca de uma dúzia de bezerros. Com o filho do meio, Normélio, a caminho de se tornar ministro da Igreja Católica, não sobrava subterfúgio para ela virar freira em Santo Ângelo. Dois na reza da mesma família não pagam os hectares de fumo.

– Detêêêêê, Nena, vem cá um pouquinho. Ajuda a manhê a consertar o vestidinho do botijão, – disse a nonna de olho no brilho que saltava no vaivém da agulha nas mãos da filha.

– Calma, mãe. Me falta pregar uma carreirinha de lantejoula e já lavo a louça.

– Crendiospadre, não lavô as oréquias. Falei: colocar o ves-ti-di-nho do butijão. Esses filho... acham que tudo é desculpa pra não lavar a louça, – destratou a filha enquanto a botija de gás rolava entre suas pernas.

Não era fácil para uma senhora de setenta e três anos, comprimida por meio século de sol a pino na roça, fazer atividades aeróbicas na cozinha. Seria mais fácil ela instalar uma botija nova no fogão e depois vestir a camisinha; no entanto, as matriarcas insistem em fazer as coisas na ordem que bem entendem.

Claudete largou o bustiê bordado de vermelho e prata na caixa de lenha e foi em auxílio da mãe, agachada no meio da cozinha como se parisse a botija.

– Ma que diacho é esse treco brilhante ali? – soltou nonna Belmira em censura à filha, que arrastava o tapete com a botija desde a entrada da casa até o espaço entre o fogão e a geladeira.

– Último grito do carnaval, né?, manhê. Não é a senhora que fica preocupada se vou ficar solteirona?

O carnaval de salão voltou com tudo nas capitais e teve seu ressoar no interior de Santa Catarina. Os blocos e as marchinhas populares eram trocados por canções de sofrência do Carnalejo, uma mistura de Chrystian e Ralf com pandeiro e cuícas – mais um motivo para se ter um baile na Linha Pedra Branca.

Nonna Belmira, aposentada por hérnias de disco e bicos de papagaio, não se envolvia mais com os trabalhos da roça. Passava o dia futricando a vida da filha mais nova, mexia na gaveta de calcinhas e fungava os perfumes. Também bisbilhotava em vão nos diários de Claudete, tentando decifrar com seu analfabetismo o desenho das letras no caderno, tal qual fazia com o jornalzinho bíblico aos domingos. Sabia a missa de cor. Imitava quem estivesse ao seu lado, lambia o dedo e virava a folha certinho, seja no Creio ou no Cântico dos Cânticos.

– Crêndios! Não criei filho pra ser excomungada. Dete, já me basta os bailon que tu foi com o filho do Gatto, lá na Pedra Branca. Gente de Deus! Voltaram tudo tchuco, e o piá do Tibola quase me perde a perna!

– Quem mandou mijar no escuro no acostamento? Vou pular carnaval nem que tenha que sambar com o Demo!

Uma moça da idade de Claudete pular carnaval, beber ou usar sainhas não era problema. A penalidade moral, segundo nonna Belmira, era a festa se estender até os domínios da quaresma. A modinha contra as leis divinas. "Um horror!", dizia. Sem mencionar que a última frase proferida por Claudete a fez lembrar de um longínquo ocorrido em Arvorezinha...

Já disse que não sei bem ao certo quando ocorreu essa história. Talvez tenha que forçar um pouco a memória da nonna Belmira, ela jura com os pés juntinhos de frente à foto de Santa Luzia com os olhos esbugalhados no prato que aconteceu assim:

– Estavam diante do espelho a moça, da qual ninguém sabe o nome ou ousa dizer, e sua mãe, que lhe trançava os longos cabelos.

– Dionísio está me esperando.

– Quem é Tionísio? – disse a mãe, apertando os fechos de cabelo da menina até puxar o couro cabeludo.

– Aiii, manhê! Dionísio, o moço de branco que me aparece nos sonhos. Tenho certeza, vou encontrar ele no baile amanhã.

– Baile? Onde se viu dançar na quaresma? Não sabe que é pecaminoso?

A moça viu a fúria da mãe no reflexo do espelho. Há dias pensava no sapato que iria escolher, na cor das fitinhas do cabelo. Sozinha, fazendo uma camisola de renda às vezes de par, dançava no quarto, ensaiando passos de um xote caso o moço-do-sonho a tirasse para dançar. Não queria fazer feio. Tudo estava milimetricamente sonhado.

Vou no baile nem que tenha que dançar com o Diabo!

As mãos fortes e ossudas da matriarca aceleraram o trançado. Tentou se levantar da penteadeira, contudo a mãe tinha enrolado as tranças na cadeira e dado um nó bem forte. E antes que proferisse sua revolta, ela lhe jogou o terço no colo ordenando:

– Na minha casa quem manda é o Senhor. Cabimento, blasfêmia na minha frente! Tu só sai daqui na hora que rezar o rosário e vinte Creio. Ai de ti, guria, se pular uma bolinha que seja.

A filha cresceu sob a exigência e o rigor do Espírito Santo. Para os jovens, a contemplação da penitência era as rédeas da razão. A mãe ostentava sua brutalidade. Fora criada no laço e, para cada falha, joelhos no milho. Lavar a louça, ocupar-se com os bordados e manter a mente aos pés da cruz era o caminho para a remissão dos pecados da existência.

No intervalo entre seus afazeres, resolveu averiguar como andava a reza, quem sabe começar uma novena não lhe faria bem. Abriu a porta e foi só o espanto. O rosário partido, tesoura aberta no chão e as Ave Marias de uma vida rolavam por terra. A cadeira de frente para a penteadeira continuava no mesmo lugar; a filha, não. Uma trança continuava enlaçada ao pé da cadeira, a outra formava uma trilha de fios loiros até a janela.

Na pista, os casais rodopiavam pelo salão num entrevero de saias rodadas e martelar de botas. Costume local, uma prenda nunca pode dizer não ao peão, o que fazia um par de dançarinas exímias suar as canelas num vaivém de troca de parceiros. A moça tomava um minuano de limão no bar quando num gracejo avistou aquele homem de branco. Era Dionísio que vinha em sua direção. Tímida, para disfarçar a ansiedade foi mexer no cabelo e lhe ocorreu que tinha cortado as tranças.

Semelhante ao sonho, estendeu-lhe a mão, convidando para dançar. Troca de olhares, luzes acendendo seu rosto branco e formoso, todos ao redor encantados com o bailado em ritmo ágil e contagiante da polca chamamé. Formavam um belo casal.

A música esgarçou, os cantores no palco se contorceram ao som que ecoava feito metal. Ao descer o olhar, ela viu patas de bode no lugar dos lustrosos sapatos. O teto caiu, a moça se assustou e ainda assim a banda seguia. Algumas pessoas tentaram se salvar pulando pela janela, e ela aos prantos grudada com piche a um Dionísio cada vez mais branco, gélido e chifrudo.

Na manhã seguinte encontraram os corpos de todos, menos o dela e o de Dionísio. Acharam uma poça de piche, uns fiapos loiros e dois laços de cetim.

Glossário

Bailon: Bailão, grande baile
Batizo: Batizado
Berredo: Berreiro, gritaria
Bolita: Bolinha de gude
Borocoxó: Borocoxô, alquebrado
Butijão: Botijão, bujão

Cacaria: Monte de cacos (coletivo)
Chimia: Espécie de geleia para passar no pão
Chinfro: Chifre
Crêndios, crendiospadre: Creio em Deus, creio em Deus Padre
Corridão: Corrida
Cuca: Pão doce de origiem alemã, muito comum no sul do Brasil.

Em um lance: De repente
Encarrapatada: Encarapitada, empoleirada
Estopim: A pontinha do furúnculo; carnicão, carnegão

Finaleira: Fim, final
Foque: Lanterna de pilha
Fumageria: Fumageira, fábrica de fumo
Funcho: planta medicinal, muito parecida com erva-doce.

Gatedos: Gataria, grupo de gatos
Grabiúva: Cidade de Cabreúva (apelido)

Inço: Erva daninha
Ir aos pés: Defecar
Imbigo: Umbigo

Linha: Localidade da zona rural

Mazzaropi: Goleiro do Grêmio
Murcia: Espécie de chouriço, morcela feita de sangue

Nonno, nonna: Avô, avó – em italiano

Oréquias: Orelhas – derivado do italiano

Pampanero: Cavalo de pelagem malhada – em espanhol
Patrola, patrolar: Trator, nivelar o terreno
Patente: Vaso sanitário
Perau: Declive, precipício
Piá, piazote, piazada: Menino, menininho, meninada
Piquete: Picada, atalho na mata
Pivotar: Rodar, girar
Porongo: Cabaça, recipiente para líquidos
Pletz: Marca de chiclete
Puína: A parte superior do soro de leite, ricota

Q-Boa: Marca de água sanitária

Resvalão: Resvaladouro, precipício
Revesgueio: Revestrés, esguelha

Tata: Empregada doméstica, babá
Tendel: Bagunça, baderna
Tatu: Furna, gruta
Tchó: Homem, rapaz
Tchucha: Mamadeira
Tchuco: Bêbado
Tocar a guia: Segurar o volante, dirigir veículo

Este livro não seria possível sem as conversas com meu pai Luiz Provensi e tia Sirley Dalavechia. Era para ter feito uma imersão na vida do colono agricultor na casa dela, na Linha Guaraipo, mas a covid-19 levou a tia Sirley um dia antes da nonna Avelina também nos deixar.

Dedico este livro a elas.

Agradeço aos primeiros leitores, Luana Teifke, Gustavo Mayrink, Angelica De Barros, Juliana Miranda, Ana Paula Hisayama. Os colegas da oficina Submarino, Alice Zochio, Ale Kalko, Camila Assad, Alex Xavier, Suzy Freitas, Roberto M. Socorro, Roger Frugoli, Luciana Anunzziata, Dani Rosolen, Roberta Dalbuquerque. Ao João Hélio De Moraes pela revisão e ao capitão Ronaldo Bressane, por propor o tema do livro. Ao Marcelo Nocelli da editora Reformatório pela execução, Pedro Inoue pela magia da capa, Alois Di Leo e sua cadeirinha ilustrada, e ao Gil Inoue pelas fotos de divulgação da autora. Agradeço ao também catarina, Carlos Henrique Schroeder, por pegar os virtuais do livro e transformar na orelha que presta atenção no todo e Paulliny Tort, por visitar o oeste catarinense em suas palavras.

Ao meu amor Rodrigo Petrella pela paciência e cuidado no processo.

Esta é uma obra de ficção. Qualquer semelhança com a realidade é inconsciente coletivo.

MICHELLI PROVENSI

Esta obra foi composta em Minio Pro
e impressa em papel pólen 90 g/m2 para a
Editora Reformatório, em agosto de 2022.